ちくま新書

路地裏で考える

――世界の饒舌さに抵抗する拠点

平川克美
Hirakawa Katsumi

1420

内田徹氏に捧ぐ

路地裏で考える——世界の饒舌さに抵抗する拠点【目次】

第2章

映画の中の路地裏

第3章 旅の途中で 141

まえがき　路地裏の散歩者

二〇一八年の正月を挟んで、『つげ義春コレクション』（ちくま文庫）を読み続けていた。以前は、よくわからなかったこの寡黙な作家の精神の在りどころが、心に染みた。

作品集の中で、唯一エッセイをまとめた巻で、つげはカメラ商になろうと中古カメラを集めたり、古物商の免許を取得したり、川べりに転がっている石を販売する商売（水石販売）に手を出したりと、収入の不安定な漫画家から足を洗おうと悪戦苦闘した様子を綴っている。

しかし、どう贔屓目に見積もっても、中古カメラ商や水石販売が漫画家よりも安定した職業には思えない。堅気の商売と言うことにも躊躇がある。それでも、つげはまるで初心《うぶ》な市井人のごとく、堅気の商売に憧れ、これらの商売を半ば本気で、堅気の商売だと思っていたらしい。

そんなことがあるのだろうか。どこか、韜晦趣味のようなものがあるのではないかと、疑ってもみたが、それだけでは、生活を賭けてまで、これらの商売に没入していくことに対する説明がつかない。生きることにあまりに不器用にも見えて、読んでいるうちに、哀れをもよおすこともあった。

かつてのわたしなら、おそらくつげは世捨て人を衒う変人の一種であると、片付けていたかもしれない。しかし、この歳になってみると、わたしにも、つげの気持ちがわかるようになった。そこにあるのは、趣味でもなければ、変人志向といったケレンでもない。他に適当な言葉が思い浮かばないのだが、これは思想というべきものではないかと思う。それも、かなり堅固な意志に貫かれた思想である。

どういう思想なのか。

たとえば、求職をしているときに、人は誰でも何かしらつてを頼ったり、自分をどこか良く見せようとしたり、できれば安定的で見栄えの良い職についてみたいと思うだろう。あるいは、病気になれば、何か良い紹介者を探して、少しでも良い条件で良い医者に診てもらいたいと思うだろう。また、旅先であれば、快適な睡眠がとれて、うまい食事にありつけて、なおかつコストパフォーマンスの良い旅館に泊まりたいと思うだろう。

つげは、こういったことを全く顧慮しないように見える。いや、むしろ利便や効率を求めることを自ら忌避し、その日一日を凌ぐだけの金を稼ぐための仕事を探している。旅先では、一番貧相な旅館を好んで選ぶ。職業なら一番儲かりそうもない職種を選ぶ。町なら虚飾の都会より末枯《すが》れた場末を好む。列があれば最後尾に並ぶ。お金儲けや、立身出世を求めてはいるが、そうした自分の欲望をいつもどこかで恥じてもいる。

これは、何を意味しているのだろう。そして、このような生き方をどこで、身につけてきたのだろう。いや、身につけるというような言い方からして、つげ義春的ではない。つげにとって、このような生き方、つまりは自分の欲望に顔を背けて生きるということなのだが、それは半ばは性格から、半ばは生活上の体験から醸成された思想なのではないかと思う。

「何事においてもチャンスに乗ずるのは下卑たことだ」と太宰治は言ったが、つげもまた何かに乗じて生きることを恥ずかしいことだとどこかで思っている。何かに寄りかかって生きようとは思わない。そして、人生に対しては、寡黙であるべきだ。だからと言って、山ごもりをすることもできない。密航を試みたり、人知れぬ町に隠棲したりしようとしたが、どれもうまくいかない。自分の欲得が絡むと世界は歪んでしまう。最も内向的であり、弱くもある人間である自分はいつも路地裏に逼塞している。そうしたところからしか見えない世界の「深淵」を、いつも独りで覗き込んでいる。それは、楽しいことか。辛いことか。わたしにはよくわからない。ただ、それ以外の選択肢があったとしても、それは自分の分ではないし、路地裏の隘路を行く以外のことに、とりたてて意味を見いだすこともできない。

大晦日の晩に、炬燵で蜜柑を食べながら、つげの作品を読んでいると、知らず知らずのうちに自分もまた見知らぬ温泉地の薄暗い湯に浸かっているような気持ちになる。世界はめまぐるしく変化するが、この光景だけはいつも不変である。

おそらくは、わたしにもつげ義春と同じような嗜好性があるのだろう。ただ、誰も、つげ義春ほど徹底できないだけである。

いつの頃からか、わたしの夢の中に、つげ義春が描き出した温泉宿に自分が迷い込んでしまう場面が現れるようになった。そのモノクロームの夢の中で、わたしは何かを呟いたり、囁いたりしているのだけれど、うまく声にできない。

本書は、そのような人生の最後尾のような場末から、現代の生活や政治や娯楽を眺めるなかで見えてきたものについて綴った文章を集めている。路地裏の散歩者が、夢の中でうまく声にできなかったことのいくつかは、本書の中で言葉として定着できているかもしれない。

夢の場面と同様に、それらの声は小さく、呟きかけている相手の顔も影のように表情がない。それでも、大切なことはいつも小さな声でしか語ることができない。そして、小さな声は、それを聞き取ろうとするものにしか聞こえてこない。

第１章

路地裏の思想

政治や、社会の問題について語るとき、わたしはいつも小さなうしろめたさを覚える。それはわたしの任ではないと、どこかで思っているからである。政治家でもなく、アカデミアで研鑽を積んだ専門家でもないものが、これらの問題の前で大上段に構えることなどできない。

それでも、わたしは求めに応じて新聞や雑誌に、これらの問題について発言してきた。その場合、わたしは自分自身にちょっとしたルールを設けることにした。大文字の問題を語るときに、大文字の言葉で語るのは評論家に任せておけばよい。人間の生活から乖離したところで大上段から語られた言葉は、市井の路地裏ではどんな指南力を持つこともない。足元の現実、日々の暮らしの中から見えるもの、わたしの場合であれば路地裏の喫茶店から見えてくるものについて、それを自分の問題として考える言葉を探すこと。それが、わたしが自分に対して課したルールであった。これとは反対に、極めて個人的な体験について語るときには、すでに評価の定まった先人たちの業績や、統計的なデータを踏まえた大文字の言葉を使う。自分というものをできうる限り相対化したいからである。

「路地裏目線」というものがあるとすれば、いつの頃からか、わたしはその目線の先に見える風景の観察者でありたいと思うようになった。

■経済成長していく時代のシンボル――『あしたのジョー』から『釣りバカ日誌』まで

もう三十年以上も前の話になるが、わたしが翻訳会社の社長をやっていたときに、ひとりのユダヤ系米国人の翻訳者を雇ったことがあった。

彼はまもなく、自ら翻訳会社を作り、その会社を日本でも有数の、翻訳・通訳の会社に育て上げた。商才なら、近江商人かユダヤ系アメリカ人と言われるが、確かにこのアメリカ人には商売の才能があった。仕事においてはまさしく合理主義者で、従業員への対応も容赦のないものだったが、日本文化に対してはウェットな情感を示すことがあった。

非常な日本映画好きで、阪東妻三郎全盛期のサイレント映画などの上映会を手伝ったりもしていたのだが、その彼が現在の（当時の）日本映画で好きなのは『釣りバカ日誌』だとよく言っていた。

いったい、この極めて日本的な映画の、何がそれほどアメリカ人の心を捕えたのか。その理由は未だによくわからない。そもそも彼が惹かれたのは、会社社会におけるアンチヒーローであるハマちゃんなのか、それとも、三國連太郎が演じた明るい二重人格者のような社長、スーさんなのか、あるいはもっと別な理由によるのか。彼もまた、スーさんのように、厳格なビジネスマンと映画青年の、二つのベクトルに引き裂かれるような思いを抱いていたのかもしれない。

「ビッグコミックオリジナル増刊」で『釣りバカ日誌』が始まったのは一九七九年である。実に四十年間も人気マンガであり続けているわけである。それは、普通考えるよりも、ずっととてつもないことであり、そのとてつもないことが今でも続いているという、その理由もまたわたしにはよくわからない。このマンガは日本人のこころのどんな部分に刺激を与え続けているのか。いったいどんな読者が、この不思議なサラリーマンマンガを読み続け、そこにどんな意味や楽しみを見出しているのか。

平凡な会社を舞台にした、何処にでもいそうな、何の変哲もないサラリーマンを主人公にしたマンガが、何故四十年間にわたたって読者を惹きつけ続けてきたのか、その理由の答えを、簡単なことばで説明すれば（そうしようと思えばできるのだけど）間違えるような気がする。

†ヒーローを必要とした時代があった

わたしにとってのマンガとの本格的な出会いは、わたしの同時代人の多くがそうであるように、『あしたのジョー』だった。「週刊少年マガジン」で連載が始まったのは一九六八年。一九七〇年三月、日本航空351便、通称「よど号」を乗っ取った連合赤軍のリーダーは、「我々はあしたのジョーである」と宣言して北朝鮮を目指して日本を飛び立った。「あしたのジョー」とは、山谷という陋巷に育った札付きの不良少年のことで、彼がボクシングと出会い、ひとりの内面的な人間として成長してゆくプロセスが描かれていた。それは、燃え尽きるまで戦い続けるという、文字通りひりひりするような、青春の物語であった。

当時もう一方の側にあった、同じ原作者によるスポーツ根性ものである『巨人の星』とは一線を画すものであり、市民社会的な価値観を超えたところにある、生きることの意味や不条理についての洞察に満ちた哲学を内包していた。多くの学生が、四角いリングという虚構の中で戦いながら、生きることの意味を見出しながら成長してゆく青年、矢吹丈の姿に、想像の中で自分を重ねた。何かを得るためには、世俗的な成功や、友人や、安楽な生活といった多くのことを失わなければならない。自分の身体を絶えず危険の向う側に投企しなければ真実とは出会えないというテーマは、多くの若者の明日に待ち受けていた市民社会内的生活の対極にあった。よど号ハイジャック事件の首謀者たちも、同じように自らをマンガの主人公に仮託することで、現実を超えようとしていた。

それはまぎれもなく青春の物語であり、青年期とだけ激しく共振するものであった。

わたしにとっても、『あしたのジョー』は、「人生の一冊」と言ってもよいほどの、強い印象を与えてくれたマンガであり、そのドラマから多くの教訓を引き出しもした。後にわたしと一緒に会社を経営することになる内田樹は、当時、わたしが主宰していた同人雑誌に、非常に興味深い一文を寄せている。タイトルは「今日のシュルレアリスムまたは「あしたのジョー」と「天才バカボン」に開花したブルトンの時限爆弾」というもので、ここで内田が言っているブルトンの時限爆弾とは、アンドレ・ブルトンの著作『ナジャ』を締めくくる、「もし美というものがあるとすれば、それは痙攣的なものだろう」という言葉のことだ。わたしたちは『あしたのジョー』や、その対極にあるギャグマンガ『天才バカボン』の世界に触れることで、市民社会の向う側にある、痺れるような真実を感じ取っていた。内田によれば、『あしたのジョー』は、超現実主義を主導したアンドレ・ブルトンに通底しており、『天才バカボン』は、市民社会的常識を破壊するダダ運動に通じていた。

今から思い返せば、六〇~七〇年代のマンガに描かれた熱狂も、政治的な運動も、日本社会が高度経済成長期から、西欧先進国並みの民主的な社会へ移行する過渡的な混乱のなかで生まれたものだった。それは、まぎれもなく、一九六四年の東京オリンピックから、一九七三年のオイルショックまでの、高度経済成長期における時代的熱狂を映す鏡のようなものであった。

熱狂は長くは続かない。

日本が経済的にも政治的にも安定し、市民社会が成熟を迎え、中間層が育ち始めた八〇年代には、混乱期の熱狂は次第に色あせ、経済的にも、政治的にも安定した市民社会が醸成されていくことになる。

そのことはまた、ヒーローを必要とした時代が終わったということを意味していた。

†アンチヒーローとしての浜崎伝助の登場

『釣りバカ日誌』の登場は、『あしたのジョー』から十一年後である。

このとき、わたしは三十歳になろうとしていた。わたしは自分で会社を興していたが、多くの同級生はこのマンガに出てくるような上場会社のサラリーマンになっていた。

若者たちの熱狂の時代はとうに過ぎ去り、変わり映えのしない退屈な日常が果てしなく続くように感じられる、安定成長の時代が訪れていたのである。

七〇年代に矢吹丈に自分たちの夢を仮託していた読者——わたしや内田樹や、わたしたちの同時代人、つまりは団塊の尻尾の世代は、矢吹丈がリングの上で燃え尽きて「真っ白な灰」になったあとは、次第にマンガから離れていったと思う。わたしはその後、いくつかのシリーズマンガを追いかけたが、やがてマンガ雑誌を買うことをやめてしまった。内田はそれ以後もマンガの世界を追い続けたが、その対象は主として少女マンガに移っており、自分を仮託するというよりは、マンガの中に時代的なシンボルを探し求めるような興味だったのではないだろうか。

わたしの同時代の人々の興味は、「あしたのジョー」が終わって十一年の後にあらわれる『釣りバカ日誌』へ接続することはなかったように思う。

『あしたのジョー』が「週刊少年マガジン」の連載を終了したのは一九七三年である。この年にオイルショックがあり、日本経済はマイナス成長を記録する。以後、日本は二度と高度経済成長期のおよそ10%の成長率を遂げることはなかったのだ。つまり、『あしたのジョー』とともにひとつの時代が終わったのだ。

そのことは、日本の成長に翳りが見えたということを意味していない。あくまでも、前年比の成長が、いわゆる高度成長期のようには大きな伸びを見せなくなったということであり、安定した成長の時代に入ったということである。高度経済成長とは、発展途上国の特徴であり、この時期をもって日本は発展途上国から先進的な工業国へと移行を遂げた。

そして、七四年から、グローバル経済へと移行する九〇年代初頭までの十八年間は、日本がアメリカを除いて世界ナンバーワンの経済大国へと上り詰めていく黄金期でもあった。ジャパン・アズ・ナンバーワンともてはやされ、一億総中流といわれる時代が出現したのである。もはや、日本には英雄は不要だった。力道山も、長嶋茂雄も、矢吹丈も、発展途上国に必要なヒーローたちであり、発展途上段階が終了し、安定的な民主主義国家になったときには、その役割を終えていた。新しい時代を牽引したのは、株式会社であり、相対安定期の日本の株式会社は、疑似的な家であり、日本的な家父長制モデルを維持しながら世界でも独特の発展を遂げつつあったのだ。あたらしい時代の影のヒーローは、会社であり、その会社を支えていたのは、世界からエコノミックアニマルと揶揄されるサラリーマンであった。

「釣りバカ日誌」は、こういった時代背景のもとで生まれてきた。主人公である浜崎伝助は、ヒーローを必要としない時代のシンボルとして登場したアンチヒーローなのである。

日本経済を牽引する株式会社が振り撒く価値観は、日本人の生活意識の隅々にまで浸透していった。八〇年代の日本人サラリーマンは、まさに企業戦士として自己犠牲を強いられた。命令一下、日本中どこへでも単身赴任した。国内だけではない。商社マンは、灼熱のアフリカや、中東の砂漠へ単身乗り込んで、激しい商戦を戦っていた。いや、そういったビジネス商戦の熱狂も、人々が貧乏を脱するにつれて、ソフィスティケートされていった。生産が社会の価値であり、どんな生産に従事しているのかが中心的課題であった人々の生活への興味は消費へと移っていき、何を食べ、どんなもので身をまとい、どんな休日を過ごすかが話題の中心になった。それにつれて金銭一元的な、豊かではあるが、金の切れ目が縁の切れ目といった世知辛い世相が出現した。

浜崎伝助が「ビッグコミックオリジナル」に登場したのは、こういった時代であったのだ。このどこにでもいるような、パッとしない、風采の上がらない男が、何故その後四十年にわたって、サラリーマンの心情を惹きつけ続けることができたのか。もし、浜崎伝助が多くのサラリーマンが仮託すべき夢を体現していなければ、彼がこれほど長期にわたるアンチヒーローのポジションを獲得し続けることはなかったはずである。

では、サラリーマンがこの男に仮託した夢とは何だったのだろうか。それは、自分の好きなことを好きなようにやって、なおかつ幸福に生きてきた「釣りバカ」の主人公が発散している魅力だと言っても、なんだか釈然としないものが残る。あるいは、誰もが平身低頭する存在である一部上場会社の社長さえも弟子にしてしまう、絶妙な世渡り術だと言っても、違うような気がする。このマンガがかくも長続きしている理由は、サラリーマン社会が持つ、本質的な問題を鋭く突いているからではないのか。

では、そのサラリーマン社会が持つ本質的問題とはいかなるものなのか。

†会社における評価とは何か

かつてわたしは、株式会社が持つ本質的な問題がどこにあるのかをめぐって一冊の本を書いたことがあった。わたしの最初で最後の一冊になるはずだった『反戦略的ビジネスのすすめ』(洋泉社)で、この本はその後新書(『ビジネスに「戦略」なんていらない』)になり、さらに『一回半ひねりの働き方』(角川新書)とタイトルを変えて出版されるなど、ビジネス書としては息が長い本になった。

ここでわたしが一人の創業経営者として考えたことは、会社とは何か、給与とは何か、人を評価するとはどういうことか、会社における上司とは何を意味しているのか、働くとはどういうことなのかといったことであり、これらは、どれだけ時間が経過しても、多くのビジネスマンにとっては日常的であり、切実なテーマでもあり続けていることによるだろう。

わたしがこれらの問題を考える端緒は、わたしが経験してきた百人を超える給与面接において、ほとんどすべての社員が、自分の給与に対して、それが自己評価よりも低く査定されているがゆえに不満であると感じているということに対する疑問である。自己評価と、客観評価は何故こうも食い違うのか。会社における評価とは何を意味しているのか。その本の中で、給与とは何に対して支払われているかという考察に続けて、こんなことを書いている。

社員は、給与という評価をあたかも人格への評価のように受け取って切歯扼腕します。評価を下す上司もまた、給与という数値がその人間の価値であるかのように錯覚します。通常は、高給取りは会社での地位も高いということになるでしょう。だから、この地位の高い上司に対して部下はへりくだるという状況が生まれてきます。「だいたいお前は仕事に対する姿勢が曲がっているから、いつも失敗ばかりするのだ」「人生に大切なのは集中力持続力だぞ」とか「酒ばかり飲んでいるからダメなんだよ。生活習慣から直さないとロクなことにはならんぞ」。こんな会話が日常的に繰り返されているのが会社の現場です。

しかし論理的に考えてみれば、会社における上司は「人生」や「生活」における上司でも何でもありません。右の説教などは大きなお世話というべきものなのです。もし評価というものが成果といううわべだけのものであるならば、上司が上司たりうるのは、このうわべを作るという一点において、部下に対してその優位性を持っているということを意味していなくてはならないはずです。

ややこしい言い方をしているが、会社における上下関係はひとつの虚構であり、会社を一歩離れれば、その虚構は解除されるということが考察されている。会社で、どれほどダメ人間であり、上司から罵倒されようが、それは会社という虚構の中での出来事であり、実社会では、ダメな人間でもなければ、上司から罵倒されるいわれもない。

こう書いているとまさに、浜崎伝助について書いているような気持ちになる。わたしは、右記の本を執筆中、『釣りバカ日誌』を読んでいないし、映画も一本も見てはいないので、そこにどんな人物が描かれているのか知らなかった。しかし、このたび映画を見直し、マンガを読み直してみて、かつて自分が考え抜いたテーマがそこに描き出されていることに驚いたのである。

浜崎伝助（ハマちゃん）は、一部上場会社、鈴木建設に勤務しており、その鈴木建設の創業社長である鈴木一之助（スーさん）と釣り仲間となり、釣り場においては、ハマちゃんとスーさんの関係は、師匠と弟子の関係である。

つまり、会社という虚構の舞台の上ではお互いに、浜崎くん、社長と呼び合うが、実生活においては、ハマちゃん、スーさんと呼び方まで変わる。

会社の中では、ハマちゃんはうだつのあがらないサラリーマンで、いつも上司に叱られている存在である。しかし、ハマちゃんはそのことを一顧だにしていない。なぜなら、ハマちゃんにとって人生とは、自分の大好きな釣りをし続けることであり、自分の家庭を大切に思うことであり、自分の周囲にいる友人との人間関係の中で充足することだからだ。会社は、そういった自分の周囲数メートルに展開する人生を存続させるための手段に過ぎず、出世は、もしそれが自分の充足している生活の妨げになるのなら、必要のないものでしかない。

†プロモーションシステムからの逃亡

出世や昇進に興味のないサラリーマンは最強だ。なぜなら、サラリーマン社会において一義的なことは、少しでも会社が利益を出すことや、会社が大きく成長してゆくことであり、それらは、その担い手であるサラリーマンたちのプロモーションシステムに依って駆動されているからである。会社において、サラリーマンは原理的に、自分のプロモーションに反する行動は自粛する。その意味では、ハマちゃんは会社における自分のプロモーションには興味がなく、最初から反会社的存在なのである。

一方のスーさんは、自分の人生そのものが会社であり、自分の人生観、倫理観、仕事観の全てを、会社を成長させることで実現してきた人間である。そのスーさんが、何故、趣味でしかない釣りに心躍らせ、嬉々として部下であるハマちゃんの弟子になるのか。

そこが、このマンガの面白いところだろう。

その理路を、かつてわたしはこんな風に言ったことがある（『株式会社という病』文春文庫）。

どこまでいっても会社の目的とは、利益を最大化するということになる。本質的には会社にはそれ以外の目的は存在していない。そして、その目的は私たち人間の目的でもある。ただし重要なことは、会社にとっては、それは唯一の目的であるが、人間にとってはいくつかある目的のうちのただ一つでしかないということである。

つまり、スーさんは、自己利益を最大化することを、会社の利益を最大化することと重ね合わせることができる存在だが、それが可能になるのは、彼が創業社長、オーナー社長だからである。しかし、創業社長でもオーナー社長でもないハマちゃんにとっては、会社が大きくなること、利益を出すことは目的でも何でもない。彼にとっては、自分の周囲に展開する小さな生活が充足できるかどうかが一義的な問題であり、その意味ではハマちゃんこそが最強の小市民なのである。

スーさんが、ハマちゃんに惹かれるのは、自分が何処までいっても、創業社長という枠組みから抜け出すことができないことに気づいているからである。もし、スーさんがハマちゃんの持つ充足感を自分のものにしたければ、創業社長であることを止めなければならない。ただ、釣り場にいるときだけ、スーさんは創業社長という枠組みから自由になることができる。スーさんにとっては会社が現実で釣り場が虚構なのだが、ハマちゃんにとっては釣り場が現実で、会社が虚構なのである。

会社からの自由を夢見て

実際の世の中には、ハマちゃんは存在しないだろう。たとえ存在していたとしても、ハマちゃんとスーさんの「関係」は絶対に存在しない。サラリーマンが自分のプロモーションにまったく無関心なままなお、会社の中で存在感を維持してゆくことのできるほど会社社会は甘くはないと言ってもいい。そういう社員たちをわたしも何人か知っているが、やがて彼らは忘れ去られ会社を去っていく。

ハマちゃんが、長い時間を潜り抜けて、サラリーマンに支持され続けている理由のひとつは、現実のサラリーマンはプロモーションシステムから逃れることはできないという「現実」によっている。通勤の電車の中で、喫茶店のカウンターで、『釣りバカ日誌』を読みふけっているときだけ、一瞬、サラリーマンは、プロモーションシステムから自由になれるのである。

このマンガが長続きしているのにはもう一つの理由がある。それは、作者による「スーさん」という仮想人格の発明だろう。

あまりにも長い間、会社というものが社会の中心に座り続け、法人資本主義というべき現在の社会状況の中で、会社がひとつのフィクションでしかないということは見過ごされている。会社を一歩出ても、大会社の社長は、一目でそれとわかるような風采で生きており、周囲も彼を社長として扱う。しかしスーさんは、会社がフィクションでしかないこと、会社を一歩離れればただの無力な老人でしかないという真実を体現する人物として創造された、稀有な人格なのだ。

世の多くのサラリーマンは、この稀有の人格と、どこかでめぐり会いたいと思っているに違いない。

■家族が崩壊した時代の新しい共同体

わたしの仕事場から徒歩五分圏内に、昔ながらの銭湯が一軒あった。「あった」と過去形を使ったのは、どうやら最近、そのひとつが廃業したらしいからだ。仕事終わりに何度か足を運んだが、いつもシャッターが閉まっていた。当初は、臨時休業かなと思っていたのだが、やはり廃業したようである。お年寄り夫婦でやっていたので、事業継承の目途がたたずに廃業したのかもしれない。

そこはわたしが一番好きな銭湯だった。いつ行っても空いており、ときには広々とした湯殿を独り占めということもあった。客商売という視点に立てば、これほど非効率なことはなかろう。客にとっての天国は、店主にとっての地獄である。それでも、無くなってみれば何とも悲しい気持ちになる。いつも顔を合わせていた数少ない常連さん（ほとんどがじいさんだったが）は、これからどうするのか。銭湯が無くなるというのは、ラーメン屋や本屋が無くなるのとは少しばかり事情が異なる。銭湯は現代の日本社会において、かなり特異な場所である。銭湯料金は地域ごとに四百円から四百七十円の範囲で一律に決められている。北海道は四百四十円、東京は四百六十円である。これは、戦後の物価統制の名残で、今や銭湯だけがそのまま物価統制の制度を保持している。それは、銭湯が庶民の生活にとって欠かせない場所であったからなのだ。

何年か前に、『「消費」をやめる　銭湯経済のすすめ』（ミシマ社）なる本を出版した。この銭湯経済という言葉が一人歩きして、その年の『現代用語の基礎知識』のカラーページで紹介された。本の惹句は「空虚感を埋め合わせるための消費欲に支配されることなく、職住が隣接した町のなかで、見知った顔の人たちが働き、暮らし、銭湯につかる。その落ち着いたリズミカルな暮らしが営まれる、半径３km圏内でめぐる経済」というもの。執筆の意図は、右肩上がりの終わったあとの、ひとつの生き方を提示するというところにあった。あくせくしない。余分なお金は使わない。共有できるものは共有する。

†人口減少と定常化経済の時代に

さて、仕事場近くの銭湯が廃業して、わたしは自宅近くの銭湯に通うようになった。そこに、一枚の映画のポスターが貼ってあった。『湯を沸かすほどの熱い愛』という映画のポスターが、銭湯に貼ってあるのは、なるほど自然なことかもしれないが、毎日のように銭湯に通っている身としては、やはり映画館に足を運ばなければ義理を果たせないといった気持ちにもなった。

ある日曜日に、有楽町にある映画館に行き、その映画を観たのだが、始まって十分もしないうちに、目頭崩壊、恥ずかしながら肝心のスクリーンが何度もかすんでしまう、ていたらくであった。この映画は自分にとって特別な意味を持っていると思わないわけにはいかなかった。

わたしは、この映画の持っているテーマの重要な意味について考えないわけにはいかなかった。この映画は、ひとことで言えば、銭湯を経営する家族の物語である。同時に家族の崩壊と再生の物語でもある。

戦後の歴史の中で、変化したもののうち、最も重要なものは、家族システムだろう。七〇年代以降、日本的な権威主義的大家族が崩壊し、英米型とも言える核家族へと移行した。そのことが、日本の人口動態に大きな変化をもたらした。二〇一六年の出生数は、一八九九年以来最低を記録。百万人を割り込んだ。人口減少は、そのまま市場の縮小を意味し、これまでのような右肩上がりの経済は望めなくなった。人口減少と経済の定常化は先進国における世界的な現象であり、各国は様々な工夫をしているが解決は容易ではない。考え方を根本から変える必要がある。映画が提示しているのは、あっと驚くような新しい家族のかたちだ。ネタバレになるので、詳しくは書けないが、血縁ではない縁で繋がった疑似的な共同体家族の物語である。現代のおとぎ話だと笑うこともできようが、わたしはそこにかすかな希望を見ている。

この映画を観てから一年後に、わたしはもうひとつの疑似家族の映画を観ることになった。それが是枝裕和監督の『万引き家族』であった。この映画はご存知のようにカンヌ映画祭でパルムドールを受賞した。わたしは、このような作品が国際的に認められたことに少し驚いている。家族システムの崩壊と再生というテーマは、人口減少社会を迎えた日本だけの問題ではなく、世界的な問題になっているのかもしれない。

†家族という単位のもつ不思議なちから

そういえば、アメリカ映画にも疑似家族をテーマにした面白い作品があった。邦題は『なんちゃって家族』。原題は、We're the Millers.

この映画については、数年前に記事を書いたことがあった（「ケトル」二〇一五年二月号）。それを転載しておこう。

家族の多様性については、人口学者であるエマニュエル・トッドに教えられた。世界には八種類の家族形態がそれぞれの地域に分布しており、家族の分布は、国家の分布よりも古い。家族の基本構造は、親子関係が自由主義的か、権威主義的かで二分される。さらに、兄弟関係が差別的か、平等かという補助線を入れると四分割される。さらに、近親相姦のタブーの違いや、一夫多妻制などの特殊な家族形態といった補助線で分節すると八種類の家族形態が地球上に観察される。日本は、長子相続の権威主義家族であり、アメリカやイギリスは親子関係が自由で、兄弟は不平等な絶対核家族、中国やロシアは権威主義的な父親と、平等な兄弟が大家族をつくる外婚制共同体家族に分類される。

個人主義は、フランスに生まれたが、パリ盆地周辺は、親子関係が自由で、兄弟関係が平等という世界でもまれな家族形態が分布していた。そこでは家族とはいっても、メンバーそれぞれは独立しており、相互に依存しない、自由かつ平等な個人の集合である。

フランス革命がパリに起こり、個人主義がこの地に根付くのには理由があったのだ。

難しい話はさておき、人間は個人でいるときと、家族の一員であるときとはどうやら異なる顔を持ち、家族の一員としての顔の方が自然なのではないかと思うことがある。

アメリカ版の疑似家族映画である『なんちゃって家族』という作品を観て、家族という単位のもつ、不思議なちからについて、あらためて考えさせられた。

映画のあらすじはこうだ。麻薬の売人であるデビッドは、メキシコから麻薬を運び出す任務を請け負う。しかし、単身でメキシコに乗り込み、車に麻薬を積んでまた国境を越えて戻ってくるのは至難の業である。デビッドはそこで一策を講じる。家族旅行なら、メキシコ国境を出入りしても怪しまれない。家族は犯罪を犯さない。デビッドは馴染のストリッパーを母親に、ホームレスの少女を娘に、悪童を息子の役に割り当てて疑似家族をつくる。しかし、麻薬を敵組織から奪取して、メキシコ国境を越えてアメリカにもどるまでに、この「家族」が次々に障害にめぐり合う。最初は障害を乗り越えるために家族を演じていた四人のなかに家族的情愛が芽生えてくる。嘘を嘘と知りつつ演じているうちに、疑似家族がほんとうの家族のようになる。なんだか、いい話である。翻って、現実の家族関係を見てみれば、うまくいかない家族に足りないものが何であるのかが分かってくる。見知らぬ男女が家族という単位をつくるということは、人類史的なフィクションなのだ。家族のメンバーが、そのフィクションに加担している限り、家族は安定的である。

個人主義の発達と家族の崩壊には深い相関があるだろう。アメリカ人が家族に憧れるのは、伝統的な家族形態というものがあらかじめ失われているからかもしれない。ほとんどの価値は、それが失われたときにはじめてわかるものだ。日本の戦後の歴史もまた、家族崩壊の歴史であったとあらためて思う。

家族崩壊の危機は先進国に必然的にあらわれた問題であり、日本だけに限った話ではない。そして、家族から疎外された個人は、新しい共同体を求めずにはいられない。その新しい共同体とは、これらの映画が指し示しているように、限りなく疑似家族に近いものになるのではないかと思うのである。

■成長よりも持続を主眼にした経済——乞食《こつじき》の思想

浄土真宗の高名な僧侶である釈徹宗師と何度か対談する機会があった。

借金返済に苦慮していたわたしは、このとき、友人の画家が実践していた「金は借りちゃだめだ。金は天下の回りもの、もらうものだ」という借金の哲学を語った。まさに釈迦に説法である。同席の編集者は、そんな馬鹿なと、笑っていたが、驚いたことに釈師は「ヒラカワさん、これから師匠と呼ばせてください」と言ったのである。

わたしは、我知らず乞食《こつじき》の思想を述べていたのであり、釈師は乞食とは修行であり、喜《き》捨《しゃ》はお布施であると深読みしてくれたのである。なんだか、蒟蒻問答のような話だが、なるほど、売れない画家は現代の修行僧であり、パトロンは喜捨する者かと、わたしも納得した。

さて、わたしは信仰心が篤いとはお世辞にも言えない俗物であり「生きているうちが花」だと、若い時分から考えていた。父母の墓参も、年に数回、気の向いたときだけ。不祝儀のご案内がくれば、ああ、めんどうだ、何でこんな不合理なものが残っているのかと面倒がって、ぞんざいにあしらっていた。まことに、罰当たりなことだが、若いうちは誰でも案外そんなものかもしれない。

というのは、宗教的なもの、あるいは霊的なものの切実さが身に迫るのは、近しいものの死や自らの死というものとリアルに向き合った時だけだからである。つまり、宗教的儀礼が持つひとつの重要な役割は、死者とのコミュニケーションだと言ってよいだろう。

†「すでに去ったもの」が「あとから来るもの」に受け継ぐ贈与関係

「いまだけ」「ここだけ」「お金だけ」という、当今の資本主義的思考の中には、死者は存在していない。

民俗学者の宮本常一は、西城高原を歩いていて、熱心に石を積む石工に遭遇し、何でこれほどまでに、心を込めて仕事をしているのかと問う。石工は「石垣つみは仕事をやっていると、やはりいい仕事がしたくなる。二度とくずれないような……。そしてそのことだけ考える。つきあげてしまえばそれきりその土地とも縁はきれる。が、いい仕事をしておくとたのしい。あとから来たものが他の家の田の石垣をつくるとき、やっぱり粗末なことはできないものである。まえに仕事に来たものがザツな仕事をしておくと、こちらもついザツな仕事をする」と答える(『庶民の発見』講談社学術文庫)。

石工は、仕事を通して、「あとから来るもの」とコミュニケーションしていたのである。そこにはもはや自分はいないが、自分もまた、「すでに去ったもの」(=死者)からの贈与を受け継いでいると感じている。だから、自分も「あとから来るもの」へ贈与する気持ちで、恥ずかしくない仕事をする。この話には、何かほっとするような希望がある。

現代資本主義は、等価交換を原理として、商品交換の網の目の上に成立している。右肩上がりの経済だからこその、大量生産、大量販売、大量廃棄。過剰流動性。しかし、こうした経済だけではやっていけなくなる時代が差し迫ってきているようにわたしには思えるのである。

一九四七年から四九年までの出生数の平均は二百六十九万人(団塊の世代)。一方、二〇一六年の出生数は百万人を割り込んでいる(約九十八万人で、その差は百七十万人)。団塊の世代がまとめて退場する時代がすぐ目の前にきている。単純平均すれば、毎年百七十万人の人口が減少する。物凄い減少率である。

「いまだけ」を充足させるために等価交換を加速させる大量生産、大量廃棄は、人口増大期のモデルである。右肩下がりの時代には、それにふさわしい交換形態を導入する必要がある。成長よりも持続を主眼にした経済である。死者とのコミュニケーションは、「いまだけ、ここだけ」とは違う生き方を教えてくれる。贈与・喜捨という交換もそのひとつである。

†人口減少時代の新しい社会システムを構築するために

人口減少に伴う、国家経済の縮減は先進国特有の現象だが、注目すべきは、わたしたちの社会が歴史上、今起きているような長期的、劇的な人口減少に遭遇した経験がないということである。このことは、わたしたちがこれまでの歴史の中で、一度たりとも、人口減少社会というものにどう向き合うべきかを考えたことがないということを意味している。わたしたちだけではない。わたしたちの父母の世代も、祖父母の世代も、さらに何代か歴史を遡っても、この問題が意識の前面に浮かび上がったことはないということである。

このことが示しているのは、この問題が文明史的な問題であり、同時に前例踏襲的な対処法はほとんど役に立たないということでもある。時代のどこを掘り返しても、事例がないのである。

わたしたちの社会の、全てのシステムや価値観は、人口増大局面で考量されたものである。株式会社という生産システムも、利息や配当といった金融システムも、年金や社会保障も、全ては人口が増大し、経済が右肩上がりで伸張することを前提に作られている。マルサスの人口論以来、人口の爆発的増加がもたらすであろう食糧危機や、紛争といったものにどう対応したら良いかについては考えられてきただろうが、人口減少が何を招来するのかについては、これまで誰も考えてこなかったし、考えるための資料も存在していないのである。

もし、この問題について、何か意味のある解決法を探るとすれば、わたしたちは来たるべき未来について、ありったけの想像力をかき集める以外にはないのだ。あるいは、現代社会のパラダイムとは別の、例えば現代でも残っている文明非接触の人々の生活や、社会が時間の経過に伴って変化することのなかった古代社会のシステムの中に、ヒントを見出すことはできるかもしれない。

その意味でも、貨幣経済以前の、互酬的な社会がどのような原理で営まれていたのかを研究する価値はあるだろう。そこには、等価交換、市場経済、競争社会という現代社会の持つ原理とは全く異なった原理が働いていたはずだからである。それは、貨幣経済以前の、ひとが生き延びていくための全体給付のシステムである。

このことについては、『21世紀の楕円幻想論』（ミシマ社）で、自らの体験に即して書き下ろしている。まだ実証性の乏しい、仮説の提示に過ぎないものであるが、考え方の方向性だけは示すことができたと考えている。

■言葉がインフレ化した時代

「この夏休みにオススメの一冊」を紹介してくださいという依頼が、ふたつあった。ひとつは出版社からで、もうひとつは書店からだった。わたしは、迷った挙句、出版社からの依頼に対しては太宰治の『御伽草子』を、書店に対しては石牟礼道子の『苦海浄土』を薦めることにした。一方は、本を読むことの愉楽を、日頃あまり本を読まないひとに知ってもらいたかったからであり、もう一方は夏休みを機に、年若い方々に日本文学の最高の達成とも言うべき大著に挑戦して欲しいと思ったからである。

本は、娯楽書、啓蒙書、教養書のいずれかに分類される。わたしは、娯楽としての読書を最優先にしている。読書の楽しみは、読書をしなければわからない。楽しみのない読書は苦役である。誰も、好き好んで苦役を甘受しようとはしないだろう。

最近、その手書き原稿が発見された、太宰治の『御伽草子』は、戦時中防空壕の中で、おとうさんが、子どもの退屈と恐怖を紛らわすためにおとぎ話を語って聴かせるという体裁になっている。この場面設定がすでに太宰のストーリーテラーとしての面目をあらわしているが、彼が戦時中にこの手書き原稿を大切に持ち歩いていたところから見ても、畢生の一作なのだろう。太宰が語れば、慣れ親しんだ勧善懲悪のおとぎ話も欲得と嫉妬の喜劇に変わる。物語の面白さを発見するには『御伽草子』は格好の一冊だと思う。

『苦海浄土』は水俣病を題材にしたドキュメントのような小説だが、日本の近代化の代償のようにして犠牲を強いられたひとびとの、凄まじい苦難の歴史を語る一大叙事詩でもある。このような生々しい歴史もまた、読書をしなければ見えてはこない。

読書の楽しみというには、あまりに悲惨な現実が語られているが、石牟礼道子という一人の市井人が単独で、ここまで激しく人間の愚かさに肉薄してゆく気迫には、誰もが心打たれずにいられないだろう。絶望の書なのに、そこにかすかな希望もあることにも触れておく必要があるだろう。それこそが、わたしたちが生きている世界というものである。

†活字離れ、そして知性を軽んじる政治家

ネット情報に囲まれて、本や新聞を読まなくとも生きていくことはできる。インターネットの情報検索があれば十分だという声もある。

確かに、キーワードを叩けば、情報は山のように出てくるが、検索知は生々しい現実にアクセスすることはできないだろう。なぜなら、知とは自分が思いもしなかった発想や、類似の中に宿るものだからである。そういった知は、いくら検索エンジンを渉猟しようが、湧き出てくることもないし、出会うことができない。そうした創造的な知性を磨くには、創造的な物語に寄り添うほかはない。

わたしたちが今の世界を享受できるのは、先人たちの苦難と努力の積み重ねがあってこそであり、わたしたちが学ぶことができるのは歴史の風説に耐えて残ってきた言葉が紡ぎ出す物語があるからである。

そういう意味では、新聞もまた、わたしたちの知性を下支えする重要な役割を担ってい

る。好きな情報だけを選択的に読むことのできるネット情報による視野狭窄を改めるためには、同時多発的に起きている世界の事象を一望に俯瞰する必要があるからだ。一見、無関係に思える出来事がどこかで深くつながっている。そういうことも、ネット検索からはわからない。新聞には、巷の殺傷沙汰と、国家間の争いや国会審議といった情報を、一望俯瞰できるという長所がある。本や新聞を読まない時代の知は、検索的な知しか涵養せず、検索的な知は、検索的な思考しか生まないということだろう。

近頃の出版不況は、目をおおうばかりで、市場規模は一九九六年のピーク時から半減しているという。ひとびとは本も新聞も読まなくなっている。

麻生太郎副総理兼財務大臣は二〇一六年六月二十四日、新潟県新発田市での講演で、自民党の支持率が若い世代で高くなっていると指摘し、「十代、二十代、三十代というのはいちばん新聞を読まない世代だ。新聞を読まない人は全部自民党であり、新聞を取るのに協力しないほうがよい。新聞販売店の人には悪いが、つくづくそう思った」と語ったという（ウエブマガジン「NHK政治マガジン」二〇一八年六月二十四日）。

わたしは、つくづくくだらない発言だと思った。同時に、わたしたちの国の現在とは、そのような発言を嬉々として吹聴する政治家によって運営されている。一国の副総理である人間が、自らの陣営の損得勘定から新聞を読まない方が良いというような発言をすることと自体あきれるが、それをコメントなしで伝える各メディアの姿勢にも失望せざるを得ない。

言葉や知性を軽んずる者が行う政治は、人間を軽んずる政治にならざるを得ないだろう。なぜなら、そこには他者の喜怒哀楽に対する想像力が働かず、歴史から先人の知を学ぶという真摯な態度も、決定的に欠如しているからである。

†民主化の裏で進行していた劣化現象

一九五〇年生まれのわたしは、戦後の日本の歴史とともに生きてきた。焦土と化した日本が、高度経済成長を遂げるまでの戦後二十年がわたしの少年期であり、一九七三年のオイルショック後の、相対的な安定期に青年期を過ごしてきた。明日は、今日よりきっとよくなると信じられた時代であり、事実、経済は着実に発展した。

教育勅語に象徴される戦前的な価値観については、知識としてはあったが、自分が臣民であるとの自覚を持ったことはない。それでも、少年期の頃の日本には、まだまだ儒教的な価値観が濃厚に残っていた。男尊女卑はもとより、長幼の序は、学校の運動部にも会社にも残り続けた。民主化は、まだ先の話であった。

七〇年代以降、日本に消費資本主義の時代が訪れ、核家族化が進行し、気が付けば戦前的な封建的価値観は陳腐化し、個人主義的な考え方が消費者全般に広がっていった。衣食足りて日本人は、民主主義を知り、個人に目覚めた。

もちろんそこには、金さえあれば贅沢も自由も手に入るというような金銭一元的な価値観が支配的になり、新自由主義と親和性のある自己責任論が横行するという問題もあった。思想的には、国民国家、国民経済の底上げを目指した日本独特の再分配システムから、トリクルダウンという言葉に象徴される市場原理主義へと日本経済は舵を切った。わたしは、どちらかといえば、日本的再分配システムを擁護する文章を書き、同時に、現在という時代は、人口減少社会を見据えた定常経済へと移行してゆく準備段階であると捉えていた。

思想的には様々な考え方があったが、日本という国家も、日本国民も、少しずつではあるが、過去の失敗から学び、普遍的な価値を共有し、少しでもましな方向へ向かっていると信じていた。多くの日本人もそう考えていたのではないだろうか。

ところが、そういった、戦後日本の政治と経済の評価と、将来をめぐる議論をしているあいだに、考えてもいなかった劣化現象が進行していた。一言で言えば、反知性主義ということなのだが、言葉というものに対する信頼が急速に衰えるという現象が起きてきたのである。

言葉というものは、貨幣と似ている。

よく言われるように、貨幣が貨幣として流通しているのは、皆がそれを貨幣として流通していると信じているからである。もし、貨幣の流通性に対する信頼が失われれば、貨幣はたちまち、紙くずへと変貌する。ハイパーインフレーションである。

第二次安倍政権以降、端的に言って、言葉は重みを失い、憲法の条文も空言となった感がある。少なくとも、第九条は空文化された。わたしは、自分が生きている間に、これほどまでに、言葉が毀損される時代が来ることを、うかつにも予想していなかったのである。

†改憲ソングが意味するもの

先ごろ、毎日新聞からこんな取材を受けた。

自民党政務調査会の前審議役、田村重信さんという方が改憲ソングを作り、発売（二〇一九年二月六日）されたのだという。YouTubeでも聞くことができる。その歌詞の全文を引用はしないが、こんなフレーズが目に付く。

「いつまでも同じ服は着られない　大人になったらもう着替えよう」
「憲法なんてただの道具さ　変わること恐れないで　憲法よりも大事なものは　僕たちが毎日を幸せに安全に暮らすことさ」
「憲法なんてただの道具さ」

この改憲ソングに対して、毎日新聞は、九州大学法学部教授の南野森さん、近現代史研究家、辻田真佐憲さんとわたしの三人に取材インタビューして、配信した。

わたしが答えている部分の記事はこんな具合だ（二〇一九年三月三日付毎日新聞ネット版より）。

「憲法のコモディティー（商品）化だ」と懸念するのは文筆家の平川克美さんだ。『グローバリズムという病』（東洋経済新報社）などの著書がある。

平川さんは、服のたとえの部分を問題視している。「例えば『パソコンが古くなったから新しく買い替えよう』というのと同じ発想だ。憲法には先人たちが積み上げてきた歴史的な英知が反映されている。『時代が変わったから』というような短期的な理由で、国家の規範が変更されないために憲法が存在している。そういう基本的な憲法の精神を無視している」と批判する。

そして「この「買い替えよう」という考え方は、経済発展を遂げた日本で受け入れられやすい。簡単に改憲していいという風潮が広がる可能性がある」と憂慮する。

わたしは、憲法のような規範的な〈法〉は、それを変えなければならないような重大な国内外の情勢の変化や、変更への国民的合意があって初めて、対案作成に取り掛かるべきものであると考えている。為政者が一方的に、憲法改正に前のめりになることには、警戒しなくてはならない。なぜなら、憲法の基本的な考え方は、為政者の踏み外しに対して、枷を与えるものだからである。人間は誰でも間違いを犯す。「神」の他には、その間違いを正すための絶対的な審級者はいない。だからこそ、歴史上の間違いの経験を踏まえて、短期的な判断で同じような間違いを起こさないような最低限度の歯止めとして、憲法を作ったのだ。

記事で「歴史的な叡智」と述べたのはそういう意味である。憲法が、悪政の犠牲になった死者をも含めた人間の叡智によって作られたものであり、神の〈法〉ではないということは、憲法というものが、絶対的な不磨の大典ではないことも含意している。だからこそ、憲法に対してはその言葉の信用性が失われないように、不断に研究されている。

ここにある改憲ソングなるものは、憲法というものの立ち位置そのものを、時代とともに古び、陳腐化してゆく「商品」のようなものに喩えている。戦後、急速に進んだ消費資本主義社会において、金さえあれば何でも手に入るという風潮が瀰漫し、消費者こそが主権者であるかのような空気が蔓延した。そうした消費者の心に、この歌は膾炙しやすいと考えたのかもしれない。

この改憲ソングの作者が、実際にそのように考えているのかどうかはわからない。どこかの国の政治家がかつてこんな発言をしていた。

「(わが国の憲法は) いじましいんですね。みっともないものです」

改憲ソングがもし、権力者の意向に忖度して、改憲のムードに棹差すために作られたのだとすれば、悪しきプロパガンダだと言わなくてはならないだろう。

■やけっぱちの祭典——五輪・万博・カジノ

†博打で儲かるのは胴元だけ

「パンとサーカス」とは古代ローマの詩人ユウェナリスが浮かれる世相を揶揄した言葉だ。2020東京五輪招致が決まった時にも、わたしはこの言葉を引用した。東日本大震災とそれに続く原発事故の処理が一向に進まない状態で、何故東京でオリンピックを開催しなければならないのかという思いがあった。それ以上に、スポーツの祭典を、経済効果という言葉で語ることに強い違和感を感じたからである。国民には、パンとサーカスを与えておけば、政治の不作為に異を唱えることはないし、問題に気づくこともないとでもいうような為政者の不遜を感じなくもなかった。

実際、欧米先進国が原発から撤退してゆくなかで、事故を起こした当の日本では、休止中の原発の再稼働が次々に許可されていった。二〇一七年の復興庁の発表では、全国の避難者数は当初の16・4%に減少、仮設住宅は17・9%まで減少と成果を強調していた。いったい、あの地震から何年経っているというのだ。一九九五年の阪神・淡路大震災の時には、五年後には仮設住宅はゼロになっていた。東京でお祭りをやって資源を集中する前に、やらなくてはならないことは山積みのはずだ。東京五輪が近づくに従って、同調圧力の高まっていることにもげんなりしていた。ツイッターでは、「奴らは何でも反対するパヨク反日分子」といった書き込みも散見された。

そうした折、2025大阪万博決定のニュースが飛び込んできた。満面の笑みで飛び上がっている松井一郎大阪府知事、吉村洋文大阪市長、世耕弘成経産大臣、榊原定征経団連前会長らの写真付きの記事だった。こういうのを小躍りって言うのだろうな。

大阪市のホームページには、想定来場者数は約二千八百万人、全国への経済波及効果は二兆円との「見積もり」が掲載された。対抗馬はロシアとアゼルバイジャンだった。世耕経産大臣は、最終プレゼンで、万博史上最大となる二百四十億円の途上国支援策について説明した。何とも気前の良い話だが、その財源は税金である。社会保障を切り詰めての万博誘致なのか。フランスは、国民がリスクを負うことを否定できないと、今回の万博招致を辞退した。お祭り騒ぎの日本と、個人主義のフランスという光景だが、好き嫌い以前の政治の成熟度の差を感じないわけにはいかなかった。

万博会場は、統合型リゾート施設の建設が目論まれている夢洲。万博公式スポンサーには、外資系カジノ企業五社が名を連ねている。

五輪も、万博も、一過性のものである。そこに大金を放り込んでも、祭りが終われば施設の大半は使い物にならない負のレガシーになる。事実、長野五輪でも、北京五輪でも、負のレガシーが問題になっている。フランスの撤退決定は、国民の利益を長期的な尺度から勘案した結果であり、フランス国民もそれを支持したということだろう。これこそ見識と言うべきではないのか。

わたしは、一九六四年の東京五輪も、一九七〇年の大阪万博もこの目で見てきた。当時の日本は、高度経済成長の最中であり、経済という物差しだけで見れば、五輪や万博への投資は、大きな余波効果を生み出した。高度経済成長を主導した下村治が考えていた「乗数効果」が期待できる環境にあったからである。下村が、自ら歩いて観察した闇市には、戦争が終わった安堵の中で、国民の上昇意欲と購買意欲が横溢していた。出生率も上昇の一途を辿っていた。社会的な条件は、現在の日本とはあまりにもかけ離れている。

二〇二〇年、二〇二五年に同じような「乗数効果」が期待できる環境はあるのか。わたしには、何だか、この度の五輪も、万博も、一発逆転を賭けて有り金を叩《はた》いているやけっぱちの賭博をやっているように見える。その先に見え隠れしているのは巨大なカジノ施設である。いやあ、博打で儲けるのは胴元だけさ。国民は胴元にはなれない。

†オリンピックは商業主義と政治利用の場

二〇二〇年の夏も同じような暑さが待ち受けているのだろう。いったい、この炎天下で、体力の限界を競うオリンピックなどできるのかと、誰でも心配になる。わたしは、2020オリンピック東京招致が決まった時点で、内田樹、小田嶋隆と『街場の五輪論』(朝日新聞出版)という共著を出した。その中で、関係者の皆さんは東京の夏を舐めているんじゃないかと書いた。同書を出版した二〇一四年がたまたま猛暑だから言い始めたわけではない。

その本の中では、もっぱら経済効果を謳って、タレントやスポーツ選手を使って金や太鼓でお祭り騒ぎを演出するやり方を批判し、オリンピックがもはや当初の平和の祭典という存在理由を失って、商業主義と政治利用の場となっていることを批判した。

わたしたちが、少数者であり、折角の祭典に水をさす捻《ひね》くれ者であると指弾されることは承知の上である。しかし、沸騰する空気には、危険がつきまとう。誰かが水をさして醒まさなければならない。

もちろん、世界中の競技者が一堂に会し、技と力を競い合う姿は素晴らしい。それが大きな感動をもたらしてくれることを否定しているわけではない。わたしも、胸踊らせて競技観戦に熱中するだろう。しかし、それを行う場所も季節も、政治的な理由や経済的な効果や、ましてや利権によって決められるのでは、あまりに選手に気の毒である。オリンピック選手は、サーカスの曲芸師でもなければ、競馬場の競走馬でもない。猛暑の炎天下で命を削る理由などどこにもない。それでも、これだけ大きなイベントになれば、選考された選手もなかなか自分を主張することも叶わず、国民の期待という圧力に抗するのも難しいだろう。

わたしは、せめて涼しい季節に、空気のきれいな場所で、やってもらえないものかと思うだけである。

何年か前より、日本の夏は温帯モンスーンから亜熱帯気候に変わったという印象である。亜熱帯には、亜熱帯の過ごし方がある。スーツにネクタイでバリバリ働き、競技場を駆け回るなんていう光景は似合わない。水辺で遊び、木陰で寝転んで暑さを凌ぐのが、亜熱帯の風儀である。

†カジノより温泉、脚下照顧

先日、箱根に行く用事があったので、ついでに久しぶりに箱根路を歩いてみようと、早朝の列車に飛び乗った。湯本に到着するとすでに外気は猛烈な熱風である。そのまま歩いて散策をしようとしたのだが、汗が吹き出し、到底無理だということで、以前より乗ってみたかった箱根登山鉄道で強羅まで行き、そこからケーブルカーに乗り継いで早雲山へ。さらに、ロープウェイで大涌谷へ向かった。何のことはない、お決まりの観光コースを行っただけである。

箱根馬子唄で有名な「箱根八里は馬でも越すが、越すに越されぬ大井川」と唄われた真夏の旧箱根街道を徒歩で歩く観光客はほとんどいない。ハイキングで山道を歩くというのも、この歳になるとちと厳しい。ましてや、この猛暑の中をトボトボと独りで歩くなんていうのは、風情を通り越して自虐趣味と言うべきだろう。そんなわけで、邪道と知りながら文明の利器を利用して噴煙上がる大涌谷へ到着。駅を降りて驚いたのは、ここは何かの遊園地かショッピングセンターかという賑わいで、土産物屋以外にはほとんど見るべき物もない。

もう二十年も前の冬場、アメリカ人の友人を連れて、車でここに来たことがあった。そのときは、凍えるほどの寒さで、名物の黒たまごを何個も食べて体を温めた。当時は、噴出する源泉の中に卵の入ったザルを降ろして、頃合いを見て引き揚げていたが、今はその作業工程を見ることもなく、袋詰めにされた五個入り黒たまごを売店のカウンターで買い求める。周囲を見回せば、客の半数は中国からの観光客である。彼らにとって箱根は、世界にも稀な温泉保養地であり、大涌谷は活火山の様子を身近で感じることのできるダイナミックなジオパークなのかもしれない。

湯本の旅館に戻ったわたしは、遅れて到着した友人と露天風呂に浸かって疲れを癒やす。「日本に暮らしていることの幸せ」という言葉が自然に浮かんでくる。友人もわたしも海外を多少歩いてきたが、国のあちらこちらで温泉の快楽を味わえるのは日本だけである。海外の観光客もそれを目当てでやってくる。彼らのマナーに眉をひそめる日本人も多いが、わたしは、中国や韓国からのお客さんなしでは、もはや箱根は成り立たなくなっていると思う。

おりしも、国会ではカジノ法案が通過、日本に観光客を呼び寄せて経済成長のトリガーにしようという。何が総合型リゾートなのかとわたしは思う。自分たちの足元に、すでに貴重な観光資源は転がっているではないか。この古き良き観光資源を、遠方から来た客と共有する。それこそが観光地というものである。

以前、ハワイに生まれた遠戚のアメリカ人を鎌倉にお連れしたことがあった。一人はニューヨークのマジェスティック・シアターでパーカッショニストとして活躍する若い女性である。旅の途中で、彼女は鎌倉の古い建築物に魅了され、何度も、これは何年前のものなのかと聞いてきた。

一七七六年にイギリスから独立し、建国されたアメリカには、五百年を超える建築物は存在しない。あるとすれば、それは先住民族が残した歴史遺産である。日本を旅していると五百年、千年という歴史を刻んだものにしばしば遭遇する。

脚下照顧。自らの足元を見ろということである。「坂の上の雲」を目指して邁進してきたが、ここらで湯にでも浸かりながら、自分たちの国の足元を、じっくりと見たら良いと思う。

†北見のカーリング娘と一九六四年夏の国立競技場

オリンピックなんか、騒々しいだけだ。俺は見ないぞと決めていたのだが、二〇一八年の平昌五輪は、思いのほか面白い話題で満載だった。テレビのスイッチをオンにして仕事をしていると、思わず仕事そっちのけで見入ってしまうなんてことが、何度かあった。

東京生まれのわたしは、スキーも、スケートも「まあ、やったことはありますけど」という程度で、ウインタースポーツになじみが薄い。

カーリングとなれば、見たこともやったこともなく、当然ながらルールもわからない。その、カーリングが一番面白かったのは、やはり、選手たちの独特の雰囲気と、言葉遣いにあったのだと思う。

休憩時間に大きなイチゴを頬張ったり、いつも笑顔で北海道弁丸出しの会話が聞こえてきたりと、およそアスリート達が強いられる極度の緊張感とは正反対の、ほんわかとした空気感を醸し出していた。いや、韓国チームや、銅メダルを争ったイギリスチームの選手たちにはうっすらとした悲壮感が漂っていたので、これは日本女子チームが特別だったのかもしれない。

テレビは、このチームができるまでのエピソードを伝えている。もともと、ナショナルチームとして結成されたわけではなく、今回はリザーブだった本橋麻里が八年前に、それまで所属していた青森の強豪チームから離れて、北海道の北見で新チームを結成したのが始まりだった。そこに、他のチームで戦力外通告を受けた選手や、結果が出せなくて失意のうちにあった選手が集まってきたというのである。なんだか、出来過ぎた話のようだが、本当のことらしい。

チーム名はロコ・ソラーレ。ローカルと常呂《ところ》町の娘たち（常呂っ娘）と太陽を引っ掛けたのだろう。中心選手の藤澤五月選手の笑顔を見ていると、まさに、おひさまの下でのびのびと育った北海道娘《どさんこ》が、世界のひのき舞台で活躍するまでに成長したんだと思わせてくれる。

考えてみれば、アマチュアリズムを謳うオリンピックの本来の姿は、こうしたローカルなチーム同士が力と技を競うというものだったはずである。いつのまにか、国旗を背負ったナショナルチームが、国家の威信を賭けて戦うといった奇妙な物語が出来上がってしまっていた。まあ、オリンピックというものが、それだけ肥大化し、商業化し、政治化してしまった故なのだろう。

この度の、北見のカーリング娘たちは、図らずもオリンピックが陥った、ナショナリズムか個人主義かといった生真面目過ぎる問題設定自体を見事に脱構築してくれた。チームの絆だとか、日の丸を代表するだとかいった湿気の多い気負いなど、はなからないのである。おらが村の娘っこがゲームの緊張を楽しんでいる。そういえば、銅メダルが決まったイギリスチームの最後の一投がはじき出すはずだった日本のストーンは、思いもよらない軌道を描いて、サークルの中央に戻ってきた。

この運を呼び込んだのは、彼女たちが作り出した地元感という空気だったに違いない。ここには、運というものの不思議がある。

勝利の瞬間、彼女たちが抱き合い、感情を爆発させる風景を見ていて、わたしは、一九六四年夏の国立競技場を思い出してしまった。まだ、中学生だったわたしは、国立競技場の中段あたりの客席から、運に見放されたようなアスリートに遭遇したのだ。

東京にはじめてオリンピックがやってくるというので、誰もが浮かれており、誰もが浮足立っていた。日本は高度経済成長の途上にあり、まだまだ東アジアの貧しい国だった。オリンピックは、敗戦でコテンパンになった日本が、ここまで回復したことを世界にお披露目する舞台だった。都内の中学生は、抽選でいずれかの会場へ行く権利をゲットして、オリンピックを実際に観ることができた。

マラソンは、お昼ごろに始まった。競技場を一周すると、そのまま外へ出て行ってしまうので、途中の経過はよくわからない。太陽が西に傾き始めたころ、予想通りエチオピアのアベベが競技場に戻ってきた。マラソン二連覇は、オリンピック史上初めてだった。

二番目に戻ってきたのが円谷幸吉だった。その後ろには、イギリスのヒートリーという選手が迫っていた。競技場の中で、円谷はヒートリーに追い抜かれて三着になった。それでも、陸上では唯一のメダルであった。

円谷幸吉は、その四年後の一月に、剃刀で頸動脈を切って自殺した。「父上様母上様三日とろろ美味しうございました」で始まる遺書を、川端康成は「千万言も尽くせぬ哀切である」と評した。円谷は、日の丸を背負って走る時代のランナーだった。競技場でヒートリーに抜かれたのは、「男は振り向いてはいけない」という父親の言いつけを守ったからという逸話が残っている。強固な父権制と、精神主義が色濃く残っていた時代に、オーバーワークで腰椎損傷した孤独なランナーは生きていく場所を失った。

もし不運というのなら、日の丸を背負って走らなければならない時代に、この生真面目な才能が選ばれてしまったことだろう。

■積極的平和主義という倒立

戦後の憲法解釈を変更してまで立法化しようという安保法制に関して、その全体を論理立てて説明することができる与党議員はいるのだろうか。

自民党が提案した法案には、さまざまな、「事態」が登場するが、「存立危機事態」とか「武力攻撃事態」とか「重要影響事態」とか「国際平和共同対処事態」とか、（あと何だったっけか）そういった事態の数々と、それらの事態に対応して自衛隊が、何ができて何ができないのかを明確に説明することには、かなりの困難が伴うだろう。

安倍総理の口頭での説明を聞いていると、切れ目のない防衛安全法制だとか、積極的平和主義だとか、わかりやすそうではあるが、よく考えると何を言っているのかよくわからない意味不明のスローガンを繰り返しているだけのように思える。そして、最後には必ず、「総合的に判断して」決めるということになる。

最後に、総合的に判断しなければ、法の執行ができないような法律とは、法律と呼ぶに値するものとは言えない。日本は、法治主義を捨てて、人治主義の国になったのだろうか。

あらゆる〈法〉には、法制定の根拠となる〈法の精神〉というものがあるはずで、憲法の解釈改憲をして実現した安保法制にある精神は、憲法の精神とは最初から食い違っている。我が国の憲法の場合には、いかなる場合にも、国家間の紛争の問題を解決するために、武力の行使という手段を用いずに平和的手段を尽くす、それこそが憲法の〈精神〉である、とわたしは理解している。敗戦で根こそぎにされた日本人は、この見慣れない〈法〉を目の当たりにして、どんな気持ちだったのだろう。漠然とした希望？　安堵？　理想？　それらがないまぜになった一条の光のようなものを感じていたかもしれない。それを確かめるすべはないが、もう戦争はこりごりだという気持ちだけは、日本人のほとんどが共有していたに違いない。そのことだけは、忘れないようにしたいと思う。

あらためて憲法を読み直してみる。

そこにあるのは、かなり積極的な平和主義である。

積極的平和主義。世界から戦争はなくならず、これが見果てぬ夢にすぎないと思うものにとっては陳腐化した理想論に思えるのかもしれない。そもそも、安倍首相の言う「積極的平和主義」なる言葉は、安全保障のために、自衛隊を展開するということであり、言い換えるなら平和のために、戦争をするという、自家撞着の言葉である。

過去に、「みっともない憲法ですよ、はっきり言って」と語った安倍首相もまた、憲法に対する侮蔑を隠そうとはしていない。

自ら侮蔑を公言するような憲法に従って、憲法に抵触する可能性のある法案の合憲性を主張しなければならないところに、本法案のわかりにくさの原因がある。中谷元防衛大臣の「現在の憲法を、いかにこの法案に適応させていけばいいのか、という議論を踏まえて閣議決定を行った」という発言には、この法案の作成プロセスが、本末転倒の議論であったことが明確にあらわれている。

言うまでもないことだが、憲法を法案に適応させるのではなく、憲法に抵触しないという前提で法案を作成しなくてはならない。このあまりにも常識的な、憲法―法案の関係が倒立している。

現実に起きている犯罪に正当性を与えるために刑法を変える、というのと同じ倒錯したロジックがまかり通っていることに、当事者たちが気づいていない。あるいは、気づかないふりをしているというわけだ。

かくして、今の内閣による憲法の、恣意的な解釈が行われたあたりから、〈法〉の言葉はもはやその効力を失った。これ以降、現在にいたるまで、安倍政権の閣僚が次から次へと繰り出した嘘、食言の数々を列挙するまでもあるまい。条理の通らぬ言葉が、担当大臣の口から次から次へと吐き出されても、辞任することはない。森友問題においては、官僚は明らかに嘘とわかる答弁を国会で繰り返して、謝る気配はない。犯罪あるいは、犯罪を疑われる行動をしても、身内であれば見過ごされる。

こうした、ネポティズム（縁故主義）、人治主義的なプロセスが蔓延することで、失われるのは〈法〉の言葉に対するひとびとの信頼であり、〈法〉はやがてその規範力を失墜することになるだろう。

〈法〉の言葉に限らず、あらゆる言葉に対する信頼を醸成することは、社会の公正さや秩序を維持することと密接に関連する。この内閣がしたことは、そうした歴史的努力を反故《ほご》にしてしまうほどの、言葉に対する信頼の破壊であると言わざるを得ない。

■ポスト・トゥルースの時代——嘘と真実のあいだ

「似ているというだけで人々が賛美する絵画の空しさ」と言ったのはパスカルである。絵画が単に現実に似ているだけのものだとすれば、どこまで行っても絵画とは、模倣であり、偽りの現実だということになる。

にもかかわらず、多くの人々は「モナ・リザ」を賞賛し、セザンヌが描いた果物やサント・ビクトワール山に魅了される。

実在したモデルや南仏の山以上に、つまりは現実よりもそれを模倣した虚構のほうが強い力をもってわたしたちを捉えるということがある。何故、そんなことが起きるのか。

†フェイクニュースとオルタナティブ・ファクト

最近、フェイクニュースという言葉がメディアを騒がせている。第四十五代米国大統領ドナルド・トランプは、ことあるごとに、BBCが伝えるニュースをフェイク（嘘）であると攻撃してきた。一方で、大統領就任式の観衆動員数が当日の写真と比べて明らかに誇張されているとの指摘に対して、大統領補佐官は、別の写真を示し、これはオルタナティブ・ファクト（もう一つの現実）なのだと答えたという。

日本の安倍総理大臣も、明らかな嘘だとわかるようなことを平気で言う。二〇二〇年のオリンピック東京招致プレゼンテーションで「フクシマは完全にコントロールされている」と言い、「汚染水は福島第一原発の〇・三平方キロメートルの港湾内に完全にブロックされている」と言ったが、事実は彼の言とはほど遠いと言わなければならないだろう。これ以外にも、現在の日本の官邸や、官僚の国会での発言を聞いていれば、明らかに嘘だとわかるようなことが繰り返し発信されているのがわかる。

「記憶にございません」という言葉をわたしたちは幾度も聞かされてきたが、誰もこれを本当のことだとは思ってはいないだろう。過去の不祥事に対して、権力者の都合の悪い事柄について発言できないが、かといっておおっぴらに嘘はつけない場合、「記憶にございません」というフレーズは誠に好都合である。誰も、人間の記憶のあるなしに関しては検証不可能だからである。ロッキード事件での国会証言以後、この言葉は真相隠蔽のためのストックフレーズになっている。

まあ、政治家に、本当のことを喋れというのはどだい無理な話で、政治家の資質のひとつは、嘘を、さも本当らしく大衆に信じ込ませることができるかだと言うひともいる。もちろん、政治指導者の個人的な資質の問題もある。彼らは、あまりにも肥大化した自我のために、自分が嘘をついているという自覚もないのかもしれない。あるいは、政治には真実よりももっと重要なことがあり、その重要なことを実現するためには、嘘など取るに足りないと考えているのかもしれない。政治家の使命は、国民に幸福をもたらすことであって、真実の追求ではないと考えているのかもしれない。まあ、どこまでも国民を馬鹿にした、夜郎自大な態度であることに変わりはない。

仮に、政治家の仕事は真実の追求ではないというしたり顔の解説を認めたとしても、積み重ねられた嘘が、最終的にどのような災厄となって返ってくるのかについては、わたしたちには、歴史から学んできた多少の知見がある。

嘘はどこかで清算されなければならないというのが、歴史が教えていることである。嘘は必ず、現実と辻褄が合わなくなり、その辻褄を合わせるために、嘘に嘘を重ねる他はなくなるからである。そうなれば、真実の所在以前に、言葉に対する信頼が失墜する。なぜなら、どんな呑気な人であっても、積み重なる嘘に対しては嗅覚が働くからである。次第に、嘘を暴くという気力もなくなり、どうせこんなものだと諦めてしまうことになる。いや、それ以前に、本当のところ自分たちがどういった行路を歩んでいるのかさえ曖昧になってしまうだろう。嘘は、どこかで摘み取らなければ、判断力の規範を溶解させてしまう。大本営発表を嘘と知りつつ信じた結果、ロクでもない無理筋の行軍を止められなかったように。

†嘘は共同体の規範を毀損する

絵画においては、それが非現実であったとしても、誰もそれに対して異議申し立てをしようとは思わない。にもかかわらず、政治家が嘘をつけば、腹立たしく思い、あってはならないことだと指弾する。

オルタナティブ・ファクトとは、おそらくは芸術家にこそ相応しい形容だろう。

政治家の嘘は単なる言いつくろいだが、芸術家は、いつだってもうひとつの現実を追求している。政治家の嘘は自己利益のためだが、芸術家は真実を語るために嘘をつく。

ひとつの事実は、その切り取り方によって、距離によって、見る角度によって、様々な表情を見せる。古来、作家や映画監督は、この「藪の中」現象を、作品に仕立ててきた。

こうした「あいまいな真実」への偏愛は、芥川龍之介の『藪の中』はもとより、この作品をもとにした黒澤明の『羅生門』にも、カンヌ国際映画祭で評判になった『運命じゃないひと』で注目された内田けんじのすべての作品などにも、共通して見られる特徴である。

これらの作品が告げているのは、「真実」とはあいまいなものであるということではない。そんなことはわかっており、むしろ反対に、「真実」とは、いくつもの視点の共同によってでしか明らかにされないという、「真実」の構造が暴かれている。

ひとつの「事実」が、「真実」になるためには、皮肉なことに、複数の人間の共同作業が必要になる。ひとりの個人が持っている感覚の限界の次数を、ひとつ繰り上げなければならないのである。個人の感覚はどこまでいっても主観的なものであり、神の視点を持つことはできないからだ。

だからこそ「神のみぞ知る」ことを、わたしたち人間が知るためには、幾人もの他者との協力が必要になるのだ。客観性を担保するのは、いつも他者の存在である。

政治家がつく嘘が指弾されるのは、それが現実の政治に害悪をもたらすからだけではない。それが、事実と異なるからでもない。隠蔽、捏造、誇張、ごまかしが、他者とともに作り上げてきたモラルに反しているからだ。モラルとはまさに、倫（ともがら）の理（ことわり）であり、個人の中に複数の人間の視点（神の視点）を持つことによってのみ持ちうる、共同体の規範のことだからである。

嘘が毀損するのは、共同体の規範なのだ。

†絵画の中の嘘と現実

パスカルが言うように、絵画は嘘の現実なのか。

いや絵画の場合は全く違う。絵画はただ似ているだけのものではない。パスカルは絵画の見方を知らぬ人間に対して皮肉を言っているのである。アルベルト・ジャコメッティの芸術に触れてサルトルは「手品師は、毎晩三百人の加担者を持つ」と語ったが、絵画作品は加担者なしには、倉庫の片隅に追いやられた現実の縮減模型でしかない。クロード・レヴィ＝ストロースは、鑑賞者は「失われた感覚の次元を知的次元の獲得で補償する」と書いている（『野生の思考』みすず書房）。二人の哲学者が言っていることは、鑑賞者はいつでも画家の共犯者であるということである。しかし、優れた絵画作品は、こうした鑑賞者との関係を絶えず更新しているとも言えるだろう。

画家は、現実よりもひとつ次元の足りないキャンバスという平面に、「現実」の中にある「本質」を定着させようと試みている。そのために画家がするのは、観客の主観をゆさぶり、「現実」なるものの虚偽性を暴き出すことである。そうすることで「現実」の中から、「真実」を抽象しようというわけである。ポール・ヴァレリイが、マルセル・シュウオブと一緒にルーヴルへ行ったときの逸話を思い出してみよう。

「もっとも有名な肖像画のある一枚の前で、この友達が叫び声をあげ、大声で似ていると言ったので、私は、君はデカルトを見たことがあるのか、ときいてやった。かれはデカルトを見たことなどはなかった。それなのに、昔のデカルトの面影に接したように思ったのだ」(『私の見るところ』ポール・ヴァレリー/佐藤正彰・寺田透訳、筑摩叢書)。

この作品とは、フランス・ハルスが描いたデカルトの肖像画のことである。シュウオブは、この絵の中にある人物は、一体誰に似ていると思ったのだろうか。シュウオブは嘘を言ったのではない。おのれの主観によって騙されたのだ。

フランス・ハルスが描いたのは、デカルトの似顔ではない。おそらく事情はその反対だろう。ひとりの、高名な哲学者の外観の中から、無名でむき出しのどこにでもいる人間の本質を抽象したのだ。だからこそ、この絵を見る誰もが、どこにでもいるが、この絵の中にしか存在しない人間の風貌に、既視感を覚えるのである。

名前から内実を取り出すというこのマジックを成功させたのは、フランス・ハルスという画家一人ではない。この絵の鑑賞者は、いわば加担者となって、あらかじめ失われた次元を回復させる作業を行ったのである。それは嘘の中から真実を掘り当てる作業に似ている。

アルベルト・ジャコメッティの場合は、もっとあからさまである。ジャコメッティの絵画は見えるものを見えるがままに描くという点に於て、伝統的なレアリスムの態度を踏襲したものである。しかしその方法は正反対である。因襲的なレアリスムというものが、あるタヴローのヴィジョンへ向けて、「絵をつくる」のに対して、彼は、彼とモデルの間にある空間を「圧搾する」(サルトル)ことを選んだのである。彼は、ひとつの良くできた似顔絵をもってこれを「俺の視覚だ」ということに不満なのである。彼にとって、モデルは筋肉や脂肪のマッスではない。そこにあって、あそこにもあり得るようなひとつの客体ではない。それは彼から数メートルの距離にある「位置付けられた外観」であり、空間を凝集しているものなのである。

彼はレアリスムの概念そのものを内在的に転倒させようとしているのだが、まず無茶な冒険であるということを彼自身よく知っている。要約すればこうなる。三次元空間の中に充足しているモデルを、二次元のキャンバスへ移すとき当然失われる次元を、知的なレヴエルで回復することなしに、どうしたら視覚として保存できるか。この矛盾を破るために、どんな圧搾機を用いればよいのか。この方法について、サルトルが見事に語っている。

例えばここにアングルの一枚の絵があるとする。私が、オダリスクの鼻の先を見つめれば、顔の他の部分はぼんやりとして、唇の柔らかな赤でいろどられたばら色のバターのようになる。視線を唇の方に移すと、今度は半ば開いて濡れた唇が影から出てきて、鼻は背景の無差別にのみこまれて消えてしまう。そんなことは構わない。私はそれを気の向くままに呼び出すことが出来るのを知っており、だから安心しているのだ。ジャコメッティの場合は全く逆である。一つの細部が私に明確だと思われるためには、それを私の注意力のはっきりした対象としないことが必要であり、またそれで充分である。私に信頼を抱かせるのは、私の眼の片隅でそれとなく見ているものである。ディエゴの眼は、私がそれを見つめれば見つめるほどはっきりとしないものになる。しかしその場合私には少しばかり落ちている頰や唇の隅の不思議な微笑は見えているのである。

(「ジャコメッティの絵画」矢内原伊作訳『サルトル全集第三十巻　シチュアシオンⅣ』人文書院)

ジャコメッティは、鑑賞者の想像力なしで、失われた次元を、視覚そのものの出来事として回復させることに成功している。

もうだいぶ前のことになるが、ジャコメッティの作品が日本にやってきたことがあった

(ALBERTO GIACOMETTI EXPOSITION AU JAPON, 1973)。そのときに見たあるデッサンには、足の先と頭の一部だけで胴体の部分が空白の状態になっているものがあった。しかしわたしたちは、それを切断された頭部と足というふうには見てはいなかった。逆にそれが医学的なスケッチであるならば、頭部のスケッチと足のスケッチであり、両者に直接のつながりはない。この理由は、医学的な記述は、体表に包まれた骨と筋肉のマッスとしての身体を表現しており、ジャコメッティはあくまで生きた身体を表現しているということによっているからである。

このことはわたしたちの視覚が、単なる対象の写像ではないということを示している。わたしたちは頭部にそれが何であるかをたずね、その足にそれが何であるかをたずねることで、この素描がモデルの生きた身体として視覚の中に生成してくるのを経験するのである。

つまり何も描かれずに空白になっている部分が、生きた胴体を出現させたのだ。

†嘘は表層に浮かびあがっている

絵画の考察から学んだことを携えて、わたしたちの住み慣れた、薄汚れた現実の世界に戻ろう。

わたしたちは、ポスト・トゥルースの時代（真実が力をもたなくなった時代）に生きている。その意味は、真実が語られなくなったのではなく、真実を見ようとする意志が、嘘を嘘と知りつつ騙されることの快楽にとってかわられた世界だということである。

この事実は、日本だけではなく世界的な現象でもある。だとするならば、それは文明の発展、科学の発達のひとつの帰結だということだろう。

ところで、嘘とはどういうものかということは、誰でも直感的にわかるが、嘘の反対は何なのかということになると、必ずしも明確ではないだろう。

「それは事実だ」「いや本当のことさ」「やはり、真実とか誠ということではないのか」といった具合である。

英語の場合、Fake の反対語は Truth ということになる。しかし、Truth（真実）ほど、あいまいな言葉もないだろう。

「嘘つき」の反対語ならすぐにわかる。それは「正直者」だ。

しかし、「正直者」がいつも、真実を語っているのかどうかとなると、すこし疑ってみる必要がある。「正直者」が正直なのは、自分の感覚に正直なのであって、その感覚が真実なのかどうかは、本当のところはよくわからないのだ。詐欺師にとっては、「正直者」ほど騙しやすいものはない。

だが、Honesty pays in the long run.(結局のところ、正直者は得をする)というのもまた確かなことだろう。正直が貶められた時代とは、in the long run という時間の感覚が、時代の進歩とともに衰弱しつつあることの証左だろう。今は、なにごとも即断即決、リアルタイムで損得勘定を計測することが好まれる時代になってしまったのだ。

正直を復活させるためには、時間の感覚をとりもどすことが必要なのだ。

長い時間を貫いて指南力を持ちうる言葉の中に、真実は宿っている。遠い過去には死者がおり、未来にはまだ生まれえぬものが待機している。彼ら究極の他者が、言葉の真偽を見分けるだろう。

いや、今すぐにでも嘘を見破ることはできる。

優れた芸術作品がいつも未来に向けて開かれているのに対して、嘘つきはいつでも、「いま・ここ」を切り抜けるためにだけエネルギーを使っている。

事実を隠そうとするものは、その場所から目をそらすように誘導しようとし、事実を捏造するものはことさらそこに注意をむけるように仕向けるという余分な努力をしている。

だから、嘘にはいつも不自然な過剰や、欠損がその表層に浮かびあがっている。

■消費者の時代が失った大人の風貌

†人口減少と家族システムの変容

二〇一〇年前後から、日本の総人口の長期的減少が始まった。国立社会保障・人口問題研究所の予測によれば、二〇五三年には一億人を割り込み、その後も減少を続け、中位予想で二一〇〇年には総人口が四千七百七十一万人、高齢化率（六十五歳以上の人が人口に占める割合）は40・6％、低位予測における総人口は三千七百七十万人という驚異的な数字が出てきている。人口が減少することそれ自体が驚異なのではない。人口減少と高齢化の速度が、驚異なのである。

日本という国家が、文明史的な大転換の途上にあり、これから先、数十年にわたって少子化、高齢化は避けられない状況になっている。その結果、日本はその人的基盤の急激な変化に伴う、様々な変化を経験することになるだろう。そこには、たとえば労働市場の変化といった急激なものもあれば、家族システムの変容のような緩慢な変化もある。

人口問題に関して、わたしは二〇一〇年に『移行期的混乱』（筑摩書房）と題した論考を発表したのだが、当時はまだ誰もこの問題を深刻には考えていなかった（ように思う）。同書では、多くの人々が、日本の総人口が何故減少するのかについて誤った考え方に支配されていることを指摘した。人口減少という現象に対する一般的な理解が、単に「経済的理由や、女性の社会進出の結果、女性が子どもを生まなくなった」というような表面的で、短絡的なものにとどまっていた。

結論だけを縮めて言えば、人口減少は、政治の失敗や経済の不調によるものではなく、文明発展の帰結としての家族システムの変容が要因なのであり、そのことは先進国的現象として避けられないものであるということである。このことは、あとでもう少し詳しく説明しよう。

人口減少は、必然的にマーケットの縮小と、労働力の減少を招来する。それゆえ、人口増大局面に特徴的な経済成長は当分の間望むべくもない。にもかかわらず、政治家も企業家も経済成長戦略を政策の筆頭に掲げている。「必要なのは、経済成長戦略ではない、経済成長しなくとも生活の質を落とさずにやっていける戦略ではないのか」というのが、同書の趣旨であった。

同書の中では、人口減少に関する対処療法的な弥縫策は全て失敗するだろうことも指摘した。何故なら、人口減少の原因をほとんどのひとが誤っているからであり、誤った原因に対する対策が功を奏することはないからである。英語を使う必要はないが garbage in garbage out である。無意味なデータを入力しても、無意味な結果しか出てこないということだ。

ひとびとがどう誤ったかに関しては、『「移行期的混乱」以後』(晶文社)のほうに詳しく解説した。簡単にまとめれば、少子化の原因として「女性が子どもを生まなくなっている」ことだということは間違いである。

間違いというのが、言い過ぎだとしても、少なくとも「女性が子どもを生まなくなった」という言い方は極めて乱暴で、不正確な言い方であることは指摘しておかなくてはならない。実際に、三十五歳以上の女性における過去数十年の出生率の変化を見てみれば、少子化現象は起きてはいない。少子化が起きているのは二十四歳から三十歳までの年齢ゾーンに属する女性だけなのである。ほとんどの日本人が、このことを看過している。

では、たとえば戦後七十五年間において、この二十四歳から三十歳までの女性に何が起きたのか。それは、統計数字を見れば簡単にわかる。女性の結婚年齢が昭和初期には平均年齢二十五歳以下だったのに対して現在は三十歳にまで上昇しているのである。

つまり、少子化の原因は、結婚年齢の上昇であるということが極めて明瞭である。結婚年齢が上昇すれば、未婚の女性が子どもを生みにくい日本で、出生率が下がるのは当然である。しかし、ここが重要なところなのだが、何故戦後の七十五年間で結婚年齢が六歳前後も上昇したのかについては、その原因を簡単な理由に求めることはできない。

わたしは、同書の中でその理由を、日本の経済発展にともなう家族システムの変容にあると推論した。詳細は同書をお読みいただきたいのだが、日本の伝統的な家族システムは大家族である長子相続型の権威主義的家族であったのだが、それが数十年の経済発展の中で欧米に見られるような絶対核家族システムへと変容していった。

この家族システムの変容が何故起きたのか。

その理由を、わたしは日本という国家が経済発展に伴って消費社会化し、消費者というこれまでにないあらたな個人を出現させたことであると推論した。

†顔のない「消費者」の大量出現がもたらしたもの

消費者とは、金だけが一元的な価値であるような存在である。そこには、人間関係のしがらみも地縁血縁による縛りもなく、出自も学歴も規制力を持たない。消費者とは、金さえあれば、個人としての自由を満喫できると信じることができる存在であり、日本の歴史の中で初めて登場した、自由を謳歌できる個人主義的な存在であったのだ。ただし、お金さえあれば、という前提を忘れてはいけない。

九〇年代に入り、自己責任論を中核とした新自由主義的な思想が日本を席巻した。その結果、ビジネス社会における親方日の丸的な中央集権的なシステムは一掃されたように見えたが、家族や個人の中での家父長的価値観はその後も残り続けていた。これが実質的に解体されるのは、二〇〇〇年代における「消費者」の大量出現という日本人の総体的な変化が実現するまで待たなくてはならなかった（会社や体育会サークルなどには、まだまだ権威主義的なエートスは残り続けていることも付言しておかなくてはならない）。

家父長システムの崩壊は同時に、相互扶助的な地域コミュニティの崩壊や、貧富格差の拡大をもたらす結果にもなっていった。

こうした、戦後経済の発展プロセスの中で、金銭合理主義的な考え方が強くなり、生産性の低い部分が切り捨てられていく風潮が蔓延した。社会全体が高齢化してゆく中で、高齢者は非効率切り捨ての風潮とともに、厄介者のような扱いを受けることがしばしばである。

権威主義的なシステムの中では、たとえば会社の中での年功序列システムに見られたように、年配者はそれだけで敬われていたが、金銭合理主義的なシステムが貫徹すれば、当然成果主義的な考え方が主流になる。会社のような生産共同体の中では、もはや、年配者は成果の乏しいものとして退けられるようになっていく。

消費者というものは、本質的には年齢不詳のアノニマスな(無名の)存在である。資本主義の高度化によって経済の舞台が消費者中心に移行してゆく中で、市民の生活も価値観も変容していったと言えるだろう。どれだけの資金量を持っているのかが、豊富な経験や深い教養よりも重要視されるようになっている。そうした風潮の中で、ひとは必然的に老いることを忌避し、しいては大人になることを拒否するようになる。

消費者の時代の、若者たちのロールモデルは、かつてのような年配の作家や、芸術家ではなく、自分たちよりも少しだけ年上の、兄貴分的なひとびとであり、年寄りはその視線の先に存在していない。

最近、スキャンダルになったＴＯＫＩＯというタレントグループの顔つきを見ていて、いったいこの若者たちはいくつなのだろうかと思ったものだ。調べてみたらリーダーの城島茂は四十七歳、問題を起こした山口達也は四十六歳だという。実年齢をみれば、彼らはもはや若者とは言えない。これは、ジャニーズ系のタレントに限らない。総じて、みな若作りである。彼らが若い外見のまま齢を重ねていることは、若さというものがひとつの価値であるという時代をよくあらわしている。

昭和三十年代の前半、スクリーンの主役たちは、ずいぶん大人だったという気がする。三船敏郎だとか、大川橋蔵とか、市川雷蔵の顔を思い浮かべればその違いは歴然としている。よく考えてみれば、彼らの当時の年齢は、先のジャニーズの年齢と大して変わらないか、むしろ若いのである。

たとえば、小津安二郎の名作『晩春』で大学教授を演じた笠智衆の当時の実年齢は四十五歳で、山口よりひとつ若い。妹役の杉村春子は四十歳である。ジャニーズのみならず、最近のアイドルタレントと比べれば、その差は歴然としている。

青春スターというものが映画の中で描かれ出したのはいつからだろうか。おそらくは一九六四年の東京オリンピック前後だったように思う。石原裕次郎や、赤木圭一郎、小林旭といった、日活のアクションスターが出てきたのは結構早いが、それでも彼らは、今の青春タレントに比べると青年というよりは、もう少し大人っぽかったように思う。彼らが戦うのは、口髭をはやしたヤクザの親分だったり、権謀術数を張り巡らす重役だったりするわけで、子どもの風貌では相手にならないのである。

タレントや俳優だけではない。昭和三十年代、四十年代ぐらいまでは、たとえば作家や、芸術家などがロールモデルたりえた時代であり、そういった職業は、年輪を重ねなければ一人前にはなれないというところがあったのだと思う。永井荷風が『あめりか物語』を書いたのが二十代、『新橋夜話』が三十代の初めである。そのころの写真が残っているが、もはや老境と言ってもよいほどの貫禄である。

大人が大人の顔付を失ったのは、平均寿命が大幅に伸びたということもあるだろうが、やはり消費者万能の時代の中で、大人の価値観が失われていったということがおおきかったのではなかろうか。消費者にとって重要なことは、アクティブで、生産性が高く、したがって可処分所得が高いということである。貫禄とか風格というものは、金銭だけが価値基準である「消費者」の前では、ほとんど意味を持たない。

夏目漱石は四十九歳で没しているが、城島くんとほとんど変わらないのだ。いかに、当時のひとびとは若くして大人の顔付になったか。

それを一概に、日本人の幼児化とは言えないだろうが、現代は、青年があるところからいきなり老人になってしまう時代だとは言えるかもしれない。社会を支えるもっとも中核的な世代である、三十代半ばから四十代半ばぐらいまでの脂ののった時期に、成熟した大人としてふるまうことができるのかどうか。それは案外大きな問題ではないだろうか。

†大人とは誰か

では、大人とはどういう人間を指すのだろうか。大人になるとはどういうことなのだろうか。マルクスは資本論の相対価値論の註で、こう書き記している。「ある人が王であるのは、他の人たちが彼に対して臣下としてふるまうからにすぎない。ところが逆に彼らは、彼が王であるがゆえに、自分が臣下なのだと信じるのである」(『マルクス・コレクションⅣ資本論第一巻上』筑摩書房)そのロジックにならうなら、ひとが大人であるのは、ただ他のひとびとが彼に対して子どもとしてふるまうからだと言うことなのかもしれないし、彼が大人だから自分たちは子どもなのだと思うのかもしれない。

要するに、大人というものは、それ自体としては定義することはできないということである。それでも、わたしは大人とは誰のことを指すのかについて、経験的に納得することがあった。

確かに、大人とは齢を経ただけの人間のことでもないし、自分で自分を大人だと思っているものを指すのでもない。では、どのような人間が大人であるのか。おそらくは、自分以外の他者が自分を必要としており、自分が必要とされていることを引き受けるということで、ひとは大人になるのではないかと思う。

わたしにとって大人とは、端的に、自分以外のもののために生きることを引き受けた人間のことを言う。では、自分以外のもののために生きるとはどういうことか。

わたしが父親の介護を通して学んだことは、ほとんどこのことだけだったと思う。

母親が亡くなって、ひとり暮らしを始めた父親に、わたしは「これからどうするんだ」と聞いた。父は無言だった。しばらくは実家と自分の家を往復しながら、朝と晩だけ様子を見るということをしていたのだが、父親の身体の衰弱は目に見えて加速していった。

ある晩、「これからは俺がここに一緒に住もうか」と言ったとき、父親はぽつりと「たのむよ」と答えた。そのとき、わたしと父親の「大人と子どもの関係」が逆転したのだと思った。

父親の身体は、わたしが同居してからみるみる衰弱していった。比較的軽微な要支援2から、最も重篤な要介護5まで衰えるのは早かった。父親の食事の用意から、風呂の介助、下の世話をすることが、わたしの日課になった。それまで自分で料理など作ったこともなかったのだが、インターネットのレシピなどを参考にして、なんとか毎日の朝食と夕食を作った。日中はヘルパーが来てくれていたので、神田にあるオフィスに仕事に出かけ仕事が終わると、スーパーマーケットへ直行した。

父親はわたしが作る食事を、うまいと言って食べてくれた。献立を考え、食材を買い出し、料理をこしらえるという作業は、慣れてくるにしたがって億劫というよりは、ひそかな楽しみにすらなっていった。なにより、父親が満足そうな顔をするのが見たいという気持ちが勝った。

本格的に実家での在宅介護をはじめて一年半ののち、父親は亡くなった。ぎりぎりまで在宅での介護を続けたが、最後は病院のベッドだった。そのときわたしはオフィスで仕事をしており、あれほど濃密な介護の日々を続けたのに、死に目に会うことはできなかった。

しばらくは、茫然とした真空状態のような日々が続いたのだが、気が付くとわたしは、自分が料理をこしらえる気持ちが全くなってしまっていることに驚いた。それからは、外食の日々が続いた。

わたしは、実家を引き払い、実家からほど近い沿線の駅前のマンションに移り住んだ。近所の蕎麦屋でそばを啜りながら、自分が何故あれほど料理作りに情熱を傾けることができたのかと考えたことがあった。わたしが作った料理を食べてくれる人間が待っていてくれているから、という以外に答えは見つからなかった。

ひとは、自分で考えるほど、自分のために生きているわけではないのだ。

当今は、ひとは誰も自分のために生きるべきであり、そのための合理的な選択をするものだという考え方が隆盛である。しかし、わたしが父親の介護から学んだことは、ひとは自分を必要としているもののために行動するとき、そのパフォーマンスが最大化するということであった。人間を人間たらしめている根本には、本来的に他者と共生してゆかなくてはならないという義務感があるのかもしれない。誰も、ひとりで生まれてきたわけではないし、ひとりで死ぬこともできない。ひとは、ひとりで生まれてきて、ひとりで死ぬものだという考え方は、感傷や覚悟としては成り立つかもしれないが、誰もが家族や友人や隣人に囲まれて生きている。ひとりで生きていくということは、覚悟としては成立しても、娑婆で暮らしている限り、そこには他者がおり、誰もがどこかで他者を必要として生きている。

子どもは自分のために生きている。自分の快楽を追求することが、子どもらしい生き方である。しかし、それをどんなに洗練させて、合理的に行動することができるようになったとしても、子どもは子どものままである。子どもは誰も自分の責任として他者を引き受けたりはしない。

子どもが大人になる契機は、自ら進んでであれ、やむを得ずであれ、自分以外の人間のために生きなくてはならないという自覚を持ったときだろうと思うのである。

人口減少時代を生き抜いていくために必要なことは、ひとも国も大人にならなければいけないということである。

■銭湯はシェア経済の見本

†銭湯という特別な場所

書評家の岡崎武志さんが、インターネット上に、『人生散歩術』なる秀逸な人物エッセイを公開している。裏路地に面白い店を見つけたような気分になって、思わず暖簾をくぐる。そこに登場してくるのが、古今亭志ん生だったり、高田渡だったり、木山捷平だったりすれば、誰だって立ち寄りたくなる。このキャスティングの中に当然のように、田村隆一も出てくる。お題は銭湯である。ちょっと、引用してみよう。

「随舌　風狂風呂」という談話をまとめた一文があり、これが「銭湯」賛歌である。曰く「とにかく風呂がすきで、よくビニールの袋に石けんとタオルを入れて歩いてました。銭湯をみるとすぐ入りたくなっちゃうんだなあ。昼はガラガラでしょ、だから友だちに会ったら、銭湯へ入っちゃうんですよ。裸のつきあいっていうか、ゆっくり話が出来るし、あがって冷たい牛乳でも飲んでれば、喫茶店にいくよりよっぽどいいんです」（岡崎武志『人生散歩術』第二十回、田村隆一［四］より）

なんだか、ほっとする。こういう粋人が生きていた時代の端っこに自分も居られたことが嬉しいのである。

子どもの時分のわたしの家には、内風呂がなかった。だから、一週間に何度かは、親父と銭湯に通っていた。中学に入学した六〇年代初頭には、中流下層に属していただろうわが家にもポリ風呂があったので、一般的にも、東京下町や場末の町に内風呂が入り始めたのはこの頃なのだろう。

ところで、岡崎さんの文章の見出しの中に、「銭湯を知らない子どもたち」という座布団一枚もののコピーがあって、確かに最近は、銭湯に行ったことがないという子どもが多いのかもしれない。子どもだけではない。大人も、ほとんど銭湯には行かない。「銭湯を知らない子どもたち」と書いたが、このネタ元が「戦争を知らない子どもたち」だということも知らない子どもたちの時代になっているのである。

入浴料四百六十円。平日はだいたい午後三時か四時に開く。その時間に銭湯を利用しているのは、当然のことながら老人か、無為徒食の人々である。これでは、銭湯の経営が難しくなるのも当然だろう。

わたしが喫茶店を開業している荏原中延には、徒歩圏内に五軒の銭湯がある。ちょっと足を延ばせば十軒もあって、都内でも銭湯度が最も高いエリアである。わたしは、毎日仕事終わりに、いや仕事中にも銭湯に行く。喫茶店のお客さんを誘って行くこともある。もちろん、自分が住んでいる家には風呂がある。しかし、わたしは家のユニットバスに入る気にはならない。

わたしにとって、銭湯と、家のポリ風呂は、そもそも用途も範疇も異なるまったく別のものなのである。田村隆一にとって銭湯が特別な場所であったように、わたしにとっても、銭湯は無くてはならない場所なのである。

†半径三百メートルの生活から見えてきたもの

一か月前に、肺がんの手術で入院し、退院してから真っ先に向かったのが、近所の銭湯だった。まだ横っ腹の傷が生々しく、うっ血した痣が腹のあたりにまで広がっている。さすがに他のお客も引くだろうと思ったのだが、気付かれるでもなく、思い思いに銭湯を楽しんでいる。まだ、傷も、胸の中も痛いのだが、不思議なことに湯に浸かっている間だけは痛みが消える。

「俺はもう、銭湯なしには生きてはいけねえな」と独《ひと》り言《ご》ちながら、生きた心地を味わった。

銭湯のある生活になってから、わたしは半径三百メートルの内部だけで、やっていきたいと思うようになり、週に一度だけJRに乗って大学へ教えに行く以外に、JRに乗ることがなくなった。不思議なもので、半径三百メートルの生活は、自分の消費行動をまるまる変えてしまった。お金を全く使わないのである。ひとは、お金があるから歩き回るのではなく、歩き回るのでお金を使うのかもしれない。

そんなことを考えていたら、銭湯というのは、赤の他人同士が裸になってひとつの湯船を共有している、シェア経済の見本のような場所ではないかと気付いた。

こんな場所って、他にあるんだろうか。日々の生活を、赤の他人と共有する場所。

かつては、共同の洗い場、共同の井戸といったものがあったが、現代はそのほとんどが、個人の所有物になった。銭湯は、いまどき数少ない共同の場なのである。

右肩下がりの時代に、ひょっとしたら、銭湯は、新しい可能性を持った場になりうるのかもしれない。そう思うと、またうれしくなる。

第2章

映画の中の路地裏

夕飯を済ませ、洗い物をすると、一日のうちでもっとも自由な時間がやってくる。ほとんどの場合、わたしはテレビの前に座り、オンデマンドで送信されてくる映画を観る。毎日こんな生活を続けていれば、年間三百本の映画を観る勘定になる。その多くは、ただ時間を浪費するだけのとるに足りない娯楽作品だが、思いもよらなかった拾いものが見つかる場合もある。中には、ただ映画を観るだけで、それを観る前とは世界が違って見えるなんていうこともある。そうした映画に巡り合う時のちょっとした興奮を、誰かと共有したいと思うのも当然だろう、本章に取り上げた映画作品は、わたしにとっては、あり得たかもしれないもう一つの現実を想起させてくれる。人は誰でも、限られた条件の下で、限られた時間の中で、ただ一つの人生しか生きることはできないが、映画の中では、無敵の英雄にもなれるし、どこまでも卑劣な悪漢になることもできる。

それは、現実を忘れるというのとは少し違う。あえて言うなら、もう一つの現実を生きることであり、その中で自分が何者であるのかを垣間見るということでもある。そんなわけで、わたしは毎晩、自分のせせこましい現実から飛び出して、もう一つの現実を生きる、もう一人のわたしと巡り合うことになるのである。

■明日から世界が違って見える──『オアシス』

韓国映画にすっかりはまってしまった。

このところ、毎日一本のペースで、ＤＶＤによる映画鑑賞をしているのだが、韓国映画の水準の高さには、目を瞠るものがある。

たとえば、ユン・ジェギュン監督の『国際市場で逢いましょう』は、一庶民の目を通して観た韓国の戦後史だが、苦渋に満ちたひとりの人間の生涯と国家の運命を見事に重ね合わせることに成功している。

カン・ジェギュ監督『チャンス商会──初恋を探して』も、素晴らしい。老いとぼけという現代的な問題を、せつない恋物語に仕上げている。ぼけ老人から社会がどう見えているかという発想には、誰もが意表をつかれるだろう。

ヤン・イクチュンの傑作『息もできない』は、それこそ息もできないほどの圧倒的なストーリー展開に胸が苦しくなるほどである。先が読めない展開に、目が離せなくなった。

そして、最近観た、二〇〇二年製作のイ・チャンドン監督作品『オアシス』では、まさにド肝を抜かれるような映画体験をすることになったのである。

イ・チャンドンは、二〇〇七年にカンヌ主演女優賞（チョン・ドヨン）を受賞した『シークレット・サンシャイン』を先に観て、この監督が独特の映画哲学を持った、一筋縄ではいかないフィルムメーカーであることは察知していた。

どちらも素晴らしい作品だが、『オアシス』の衝撃と破壊力には、圧倒されざるを得なかった。こんな映画、そうそう現れるものではない。

話は、ひき逃げで二年六か月の刑期を終えて出所した若者（ソル・ギョングが好演）が、被害者の息子夫婦を訪ねるところから一気に展開する。ひき逃げ事件の被害者の息子には、脳性麻痺の妹（ムン・ソリが驚くべき演技）がおり、重荷になっている。若者は、脳性麻痺の妹を謝罪の花束をもって訪ねるが、なりゆきから犯そうとしてしまう。誰にも相手にされず、兄夫婦からも、障碍者手当として支給される住宅を確保するために利用されたと知った妹は、次第に自分を犯そうとした若者を求めるようになる。

ここから、世間から見捨てられ、誰にも見向きもされないような、絶望的な二人の恋の物語が始まる。

二人はお互いを「お姫様」「将軍」と呼び合い、車椅子のデートを重ねる。行く先々で白い目で見られる二人は、お目当てのレストランでは入店を拒否されてしまう。それでも、二人だけの時間の中で、お互いがお互いにとってかけがえのない人間であることを知るようになる。

二人が初めて身体を合わせるシーンは、映画史上に残る濡れ場だと思う。せつなくて、美しく、やるせない。

その最中に兄夫婦に踏み込まれてしまい、妹が強姦されていると勘違いして、警察に通報されてしまう。

さて、二人の運命やいかに、というところだが、この先はもう言うまい。機会があれば、是非、ご覧になっていただきたい。

映画の価値とは何だろう。映画にとって最も輝かしい栄誉とは何だろう。

映画を観る前と、観終わった後で、世界がすこしだけ違って見えた。そんな観客が一人でもいることを映画は求めているはずだ。『オアシス』とは、まさに、そういう映画であった。

その、イ・チャンドンが村上春樹の『納屋を焼く』を映画化した。わたしは未見だが、村上春樹の幻想と現実のより糸のような世界を、この監督がどのように映画化したのか。

イ・チャンドンなら、単なる翻案というよりも、彼ならではの世界を見せてくれているはずであると思う。

■生き延びるためのコミュニティ――『湯を沸かすほどの熱い愛』と『万引き家族』

六年前、両親の介護のために、実家に単身赴任して以来、自分の家に戻れずにいた。自分の家の敷居がだんだん高くなるという不思議な気分を味わった。昨年は、会社をたたむための借金返済で、この自分の家も売却して、もはや書斎として借りているアパートの一室以外に、帰る家がなくなった。女房は現在、彼女の母親の介護のために、実家に戻っており、海外を飛び回っている娘は娘で、池上線沿線にアパートを借りて住んでいる。一家離散状態なのだが、別に家族が崩壊したわけでもなく、いずれは一緒に住むことになるだろうと、女房もわたしも漠然と感じてはいる。

こんな生活をしているせいで、銭湯はわたしにとって欠かせない生活の場になっている。ほぼ、毎日近所の弁天湯に通う。会社の近くに二軒ある銭湯に立ち寄ってから帰宅することもある。一旦銭湯のある生活に慣れると、もはや家にあるトイレと一緒のポリ風呂に入る気はしなくなる。

銭湯とはつくづく不思議な空間だと思う。全てにおいて個別化した現代社会において、銭湯ひとり、生活の共有空間としての孤塁を守っている。わたしの隣で、真っ裸で股間を洗っているのは、赤の他人なのである。こんな場所は、他には存在しない。全国的に入場料四百六十円あたりで統一というのも、戦後の物価統制の名残りで、今は銭湯以外に統制物価は存在していない。

†新しい家族像の提示

わたしの通う弁天湯の壁に一枚の映画ポスターが貼ってある。中野量太脚本・監督の『湯を沸かすほどの熱い愛』である。日頃より銭湯の世話になっているわたしとしては、観ないわけにはいかない。

銀座の映画館で、この映画を最初に観たとき、始まって二十分ぐらいのところで、「うん、いいよ」「これはいい映画だ」と何度も自分に相槌を打っていた。そして、すぐに涙腺が崩壊して、最後までうるうるしどうしであった。

しかし、この映画は、その涙腺崩壊映画的な表層とは別に、未来の新しい家族像を提示するという、骨太な思想性を秘めた作品でもある。以下ネタバレになるので、これから観ようという方はここまでで、引き返してほしいと思う。

映画は銭湯を営む一家の母、父、娘ふたりの生活の機微を追ったものだが、実のところこの家族は、狂言回しとしての父親を起点として、誰ひとり血がつながっていないのである。血縁共同体ではない家族共同体は可能なのか。これが、この映画がその内部に持っている思想的なテーマである。

日本の家族は、権威主義的な大家族が主流だったが、七〇年代中期以降、英米と同じようなワンペアでひとつの家族を構成する核家族へと移行した。そして、それが人口減少の大きな要因でもある。家族はひとりでは生きられない個人にとって、最後のよりどころであり、セーフティネットでもあった。

伝統的な家族が崩壊した日本において、これから先、家族に代わり得る中間共同体は可能なのか。そのヒントが、この映画の中にあるのだ。

†非血縁的共同体

先ごろ、カンヌ映画祭でパルムドールを受賞して話題になった、是枝裕和監督の『万引き家族』もまた、血縁関係のない貧乏人たちが疑似家族を形成しながら、何とかこの世間の中で生き延びて行こうとする映画であった。

頼るべき身寄りもない人々が、一つの屋根の下でお互いを支えあいながら生きていく。彼らの食い扶持は、映画のタイトルが示しているように、万引きである。彼らには、おそらく年金もなければ、保険もないのだろう。彼らは、国家という、本来はセーフティネットの機能を果たすべき枠組みからはみ出してしまった存在である。国家に頼ることも、家族に頼ることもできないものたちが、最後にたどり着いたのが疑似家族という生き延びるためのコミュニティであった。

おそらく、現代の日本において、血縁関係で結ばれていないものたちが家族というコミュニティを作り、それを維持してゆこうとすれば、どこかで国家の規律というものと対立せざるを得なくなる。

そんなことはないと考える方もおられるだろうが、マイナンバーや住基ネットのような登録制度を使ってまで人々を管理しようとする社会は、顔の見えない、よく意味のわからない、匿名の人々が寄り添って生きることに対しては不寛容であることだけは間違いない。

なぜなら、家族や会社に与えられる様々な優遇措置や保険などの制度も、この疑似的な家族には適用されない。

ヨーロッパで、人口減少が始まったとき、スウェーデン、オランダ、フランスといった国は、疑似家族に対して、家族と同等の権利を与える「サムボ法（スウェーデン）」や、「登録パートナー制度（オランダ）」、「連帯市民協約法（フランス）」という法律を作り、法律婚という縛りを解いた。その結果、婚外子率は急上昇し、これらの国のそれは50％を超えている。一緒に住めば、法律婚ではなくとも家族として認めようということである。

日本とか韓国は、世界の先進国の中ではとりわけ婚外子率が低い国である。一桁以上違う、2％程度しかいない。その理由は、婚外子というものが「人の道」を踏み外した出産の結果であるという、濃厚な家族倫理がいまだに残っているからである。

現実の政治プロセスを概観すれば、右記のようになる。

映画の中では、こうした倫理的な規制を踏み越えた思考実験が可能である。『湯を沸かすほどの熱い愛』には、『万引き家族』やアメリカのコメディー映画『なんちゃって家族』のようなアナーキーな人間たちは登場しない。

ほとんど、小市民と言っても良い人々が主人公である。

ただ、映画のラスト、ヒロインである母親（宮沢りえ）が亡くなったとき、火葬場へ向かう車が途中で引き返す。向かう先は、この家族のアジトである銭湯である。そして、母親を銭湯のカマドで火葬する。

その火で沸かされた湯に、残された家族全員が笑顔で浸かるところで映画は終わる。

墓埋法（墓地・埋葬等に関する法律）第4条にこうある。

埋葬又は焼骨の埋蔵は、墓地以外の区域に、これを行つてはならない。

2　火葬は、火葬場以外の施設でこれを行つてはならない。

『湯を沸かすほどの熱い愛』もまた、国家の規制を踏み越えなければ実現しなかった。

■文明という悪魔――『コイサンマン』

一九八九年の作品なので、公開されて、すでに三十年も経っている。この映画の名前は知っていたし、ニカウさんがこの映画で一躍有名になったことも知っていたのだが、映画自体は観ていなかった。コイサンマンというタイトルが、何だかこちらの見る気を殺《そ》いだ。「いとはん」「こいさん」というような大阪弁の響きがあって、それとこの映画のテーマがわたしの中で、結びつかなかった。しかし映画は成功し、前作の『ブッシュマン』と合わせて、「ミラクル・ワールドブッシュマン」シリーズとして、第五作を数えた。

先日、浄土真宗の僧侶で、宗教学者でもある釈徹宗師との対談中、文明と、非文明はどのように接触するのかという話題になった。そのときに、釈師が『コイサンマン』のお話をされ、ひどく興味をそそられ、早速取り寄せて観た。

「コイサン」は、大阪弁の末娘ではない(当たり前だけど)。カラハリ砂漠に部族的な社会を作って暮らしている、コイ族と、サン族から来た命名である。

彼らは、いわゆる藪に生活するブッシュマンであり、文明と接触することなく、平和で、静謐な暮らしをいとなんでいる。喧嘩もなければ、親が子を叱るということもない。食べ物も、道具も皆で分け合うので所有という概念もない。

映画は、白人がセスナ機から一本のコカ・コーラの空き瓶を、サン族の居住地に投げ捨てるところから始まる。

サン族は、何か不思議なものが空から降ってきたと思う。このコーラ瓶は水のように透明で、光を反射し、不思議なかたちをしている。神さまが与えてくれたものかもしれない。皮を鞣したり、木の実を潰したりするには、とても重宝である。しかし、瓶は一本しかない。サン族の社会に、はじめて分けられないものが現れたのである。やがて、コーラ瓶の争奪が起こり、それまでの静謐で親和的だった社会が少しギクシャクしはじめる。そのうち、瓶の奪い合いからもみ合いになり、ひとりが瓶で相手の頭を殴ってしまう（おー、なんだか、相撲界でもそんな事件がありましたね）。

それで、ニカウさんが、登場。「神様が狂ってしまったに違いない」と思い、この悪魔の瓶を地の果てに捨てるために旅に出る。ちなみに、この映画の原題は“The Gods Must Be CrazyII”である。

この『指輪物語』のようなストーリーを縦糸にして、いくつかの挿話が交錯する。政府軍とテロリストたちの銃撃戦や、都会からやってきた新米の女性教師と動物学者との交流。

文明非接触の場に、文明が入り込んでくる。ニカウさんの目から見れば、何が起きているのかよくわからない不思議なことだらけ。

映画の冒頭で、ブッシュマンたちの優雅でエレガントな生活と、高速道路の渋滞やオフィスでのハードワークといった都会の生活シーンが、交互に映し出される。

こうして比較されると、ブッシュマンの生活の方が幸福そうであり、リアリティがあるように見えてくるのが不思議である。

ちょっと不思議な手触りを感じるのは、本作がボツワナの映画だからかもしれない。アフリカは、現代的な都会と文明を知らない部族社会が隣り合わせに存在している大陸なのだ。

映画は、都会生活に飽いた女性が、生活を変えるために、部族社会の生物の生態を研究している生物学者を訪ねるところから始まる。この女性には、部族社会へ入って教師として子どもたちを教えるという目的があった。実際に部族社会の中に入っていけば、そこにあるのは想像していたのと違う野蛮さと、想像を超える豊かさが、共存していることに気がつくことになる。

この二つの世界を分けているものは何なのか。それを、わたしたちは、文明社会の側からしか計量することができない。この非対称的な世界を分けているものは、おそらくは、生きること全てに関わる生存の「原理」のようなものだ。

たとえばそれは、等価交換の原理と、相互扶助的な共生の原理である。この原理の違いを煎じ詰めようとすれば一冊の書物を書かなくてはならないのかもしれない（後日、わたしは『21世紀の楕円幻想論』［ミシマ社］という本を書くことになるのだが、このときはまだ考え方を整理する端緒すら見つかってはいなかった）。

文明社会の歪みは、その中に暮らしていれば逃げ出すことのできないストレスであり、歪みの本源はなかなか見えてはこない。一度でも、文明の利便に慣れてしまえば、そこから逃れて原始的な生活へ戻ろうとは誰も思わないだろう。ただ、文明社会の中で、徹底的に痛めつけられたり、行き場を失うような手ひどい経験に遭遇したときだけ、違う原理で営まれる社会というものに憧れるのかもしれない。

■義によって助太刀いたす――『弁護人』

先月、川崎の劇場で、今話題の『タクシー運転手――約束は海を越えて』（チャン・フン）を観て身体が熱くなり、韓国映画熱に火が付いた。映画の中にあって、現実のわが国の社会から消え失せているのは、損得勘定を忘れるほどの義俠心だと言えば言い過ぎだろうか。

以前も、同じようなことがあり『オアシス』『シークレット・サンシャイン』（イ・チャンドン）、『国際市場で逢いましょう』（ユン・ジェギュン）、『息もできない』（ヤン・イクチュン）、『チャンス商会——初恋を探して』（カン・ジェギュ）などの名作を続けざまに観たことがあった。そのどれにも、わたしたちが毎日遭遇する現実社会からとうの昔に蒸発してしまったような、他者と繫がろうとする貪欲さを垣間見ることができる。どの作品も娯楽作品としても申し分のない出来で、久々に映画を堪能する喜びを味わうことができた。もし、読者諸兄が未見なら、是非これらの作品のひとつでもご覧いただきたいと思う。

この度は、くだんの『タクシー運転手』から始まって、『殺人の告白』（チョン・ビョンギル）、『殺人の追憶』『グエムル——漢江の怪物』（ポン・ジュノ）と観続け、最後に『弁護人』（ヤン・ウソク）に辿り着いた。

やはり、どれも印象の深い佳作であった。何故、韓国はこの水準の作品を作り続けることができるのかということは、考えるに値するだろう。これほど多くの若いフィルム・メーカーを輩出し続けていることも驚きだし、俳優の充実ぶりも類を見ない。

上記の作品のうち、四本には韓国を代表する俳優である、ソン・ガンホが出演している。土塊から掘り出したばかりのジャガイモのような顔をしているのだが、映画を観終わるころには、誰もがその魅力に取りつかれ、好きになってしまうだろう。こういう役者を見ていると、最近の日本映画に登場する「きれいな」顔をした歌手上がりの若い俳優さんたちに物足りなさを感じてしまう。育った環境も、食ってきたものも違うのだろう。だが、それは役者個人の個性に過ぎず、韓国映画が秀作を連発する理由にはならない。

『弁護人』を観ていて、わたしはこの理由の一端がすこしわかった気がした。

この作品のもとになっているのは一九八一年に軍事政権下の韓国で実際に起きた冤罪事件である(韓国では釜林事件として知られているようだが、日本人でそれを知っているものはほとんどいないだろう。わたしも知らなかった)。

ちなみに『タクシー運転手』は光州事件、『殺人の追憶』は華城連続殺人事件が下敷きになっている。

『弁護人』の主人公は、高卒の貧しい労働者だったが、一念発起して弁護士資格をとる。政治には無関心で、金儲けには熱心。典型的な拝金主義弁護士なのだが、軍事政権下の弾圧で逮捕された、引き受け手のない被告の弁護を頼まれ、その弁護の過程で、拝金主義弁護士は社会の矛盾と不条理に強い疑問を抱くようになり、人権派弁護士として目覚めてゆく。当然様々な弾圧や、甘い誘惑があるが、一度目覚めた弁護士は闘うことを止めない。「義によって助太刀いたす」とは、『苦海浄土』を書いた石牟礼道子が好きな言葉だそうだが、タクシー運転手をつき動かしたのも、弁護士を立たせたのもこの「義」だろう。韓国には「義」が蹂躙されてきた苦難の歴史がある。抵抗の歴史と苦難の深さが、助太刀するものたちに力を与えている。そう思うのだ。

韓国映画が秀作を連発する理由は、八〇年代の軍事政権による圧政やメディアの腐敗を知る為政者が、九〇年代の通貨危機以後、教育や芸術、映画やメディアの重要性を思い知って、これらの分野に潤沢な予算をつけたことにおそらく関係している。

■誰もが目撃者になる――『演劇』

観察映画というジャンルを確立した想田和弘監督の、『演劇』を観た。劇団「青年団」

を主宰する平田オリザに密着取材したドキュメンタリーだ。

わたしはこれまで『選挙』『精神』『PEACE』『牡蠣工場』『港町』と、想田監督のほとんどの作品を観てきたのだが、『演劇』はその長さゆえになんとなく見るのを躊躇していた。何しろ五時間四十二分という長尺である。しかし、驚いたことに、わたしはほとんど息もつかず（って、そんなに息をしなかったら窒息してしまうけど）、映画の世界に没入した。その長さが全く苦にならなかったばかりか、この映画の中に自分が入り込んでしまっているような気持ちになり、そのままずっと見続けていたいと思ったのである。そういう映画にたまに巡り合う。それが映画の出来栄えによるのか、こちらの嗜好によるのか、それとも相性というものなのかよくわからないが、そういう作品と巡り会えることは、映画好きにとっては最上の喜びなのである。

わたしは、まるで自分が想田監督の手の内にあるカメラにでもなった気分で、平田オリザという稀有の存在の一挙手一投足と、青年団の劇団員たちの練習風景や、息遣いや、ふとした表情に浮かんでくる不安を追っていた。

実際のところ、この作品が完成するまでに四年の歳月が経過し、映像素材は三百時間もあったのだという。その膨大な時間をまとめるには、五時間余りの時間は短すぎたのかもしれない。

観察とは、物事を深く見ることなのだが、それは注意深く凝視することではなくて、どこまでも見続けることなのだ。長い時間をかけて見続けているうちに、少しずつ風景の微妙な変化に気がつくようになる。凝視していただけでは見えなかった背景の写り込みが自然に身体に馴染んでくる。風景が身体化されるということなのだろう。見続けていなければわからない種類の変化というものがある。それはちょうど、親が子どもを見続けることで気がつく子どものひそやかな成長を見るようなものである。見続けることで、普段なら見落としているような微かな変化が見えてくる。

カメラの先に、演劇の一幕を演じる役者たちがいる。手元のパソコンとにらめっこしながら、役者にダメ出しをする平田オリザがいる。それだけなら、ただの練習風景だ。しかしカメラは、練習前後の役者たちの緊張とリラックスといった、本人たちが意図していない姿も容赦無く切り取ってしまう。

帳簿をつけ、領収書をチェックしている平田オリザがいる。補助金申請のための企画書も書く。公演が始まれば、舞台は非日常の空間だが、この非日常空間が作り上げられるには、ときには退屈で、ときにはヒリヒリするような日常の、長くて冗漫な日々が必要なのだとわかる。

　そして、平田オリザという人物が、日常と非日常の間に張られたロープの上を絶妙のバランスで歩いている稀有の表現者であることが了解される。これは、ほんとうは大したことなのだが、普通はそのことに気がつかない。

　もし、想田和弘がいなければ、わたしはこのことに気がつかないままだっただろう。映画監督と、舞台演出家。撮るものと、撮られるもの。生身の人間と、演じている人間。虚と実。それらの二つの焦点のあわいにある隙間。わたしは、それらが、渾然となって進んでいく時間の目撃者だったのだ。

■内向的であること――『ドラゴン・タトゥーの女』と『マイライフ・アズ・ア・ドッグ』

†背中で泣いているドラゴン・タトゥー

スティーグ・ラーソンのベストセラー小説を映画化した作品『ドラゴン・タトゥーの

女』は、「ミレニアム三部作」の第一作目にあたる。

この作品は、二度映画化されている。最初の映画化はスウェーデンの監督ニールス・アルデン・オプレヴによるもので、二度目はハリウッドで作られた。こちらの監督は、『ファイト・クラブ』や『セブン』といった問題作を世に送り出したデヴィッド・フィンチャーで、007シリーズでジェームス・ボンド役だったダニエル・クレイグが雑誌記者ミカエル役を、ドラゴン・タトゥーの女（リスベット）をルーニー・マーラが演じている。

彼女は、『ソーシャル・ネットワーク』で主人公の恋人役を演じたかわいい女優であるが、本作では印象が一変して、超内向的な謎のハッカーを演じている。これがあの、ルーニーなのかと思わせるほどの変化である。ルーニー・マーラの存在によって、このハリウッド映画は傑作となった。

わたしはハリウッド版を最初に観て、その着想の面白さに嵌まり込んでしまい、その勢いで、スウェーデン版の三部作も一気に観てしまった。

スウェーデン版は、ハリウッド版に負けず劣らずの傑作であった。

脚本がいいということもあるが、最大の魅力はやはり、ヒロイン、リスベットという異形のヒロインの造形にあるだろう。鼻と、唇にピアス、髪の毛は逆立てて、背中いっぱいにドラゴンの入れ墨。目は隈取り。こんな主人公は前代未聞である。当初はどこから見ても薄気味の悪い、得体の知れない女だったリスベットが、物語が進むうちに、なんともピュアで、健気で、可愛い女に見えてきてしまうところが、この映画の最大の魅力であり、演出のみそだろう。

リスベットが何故、これほど異様な風体をしているのか。映画を観ているうちにその秘密が明かされることになる。彼女は、実父から虐待され、後見人からも凌辱され続けた悲惨極まりない過去を隠している。

異形の髪型も、刺青も、彼らから身を隠す抹消記号であり、自己を守るための鎧なのである。自分自身の存在を抹消させなければならないような人生。それでもリスベットは世界の片隅で生きていこうとしている。おそらくは、映画史上最も内向的かつ繊細なヒロインの登場だろう。

ハリウッド版と、スウェーデン版のどちらがいいのかは、好みが分かれるところだろうが、わたしはスウェーデン版を推す。原作も舞台もスウェーデンということで、この陰鬱な物語と、スウェーデンの寒々しい曇天の空が実によく溶け合っているのである。

ハリウッド映画や、そのエピゴーネンによる邦画を見慣れた目には、このスウェーデン映画の陰鬱さに戸惑うかも知れない。しかし、日本人にはこの映画の持つ空気感は実はかなり馴染みのあるものではないかとわたしは思う。唐突に聞こえるかも知れないが、成瀬巳喜男の一連の作品のトーンに通じるものがあるように思えるのである。ここから先は、エマニュエル・トッドの研究に影響を受けたわたしの個人的な見解になるが、スウェーデンの家族システムは、ヨーロッパでは珍しく日本と同型の権威主義的家族システムに分類されるもので、他にはドイツがその典型である。英国をはじめとしてヨーロッパに広く分布しているのは絶対核家族と言われるもので、権威主義的家族が持っている因習的な家の縛りや、そこから派生する内向的な倫理観は希薄である。控えめであることや忍耐という態度が美徳であるというような意識の背後には、権威主義的家族の価値観が底流している。

リスベットは、不幸な過去によって極度の人間不信に陥り、ドラゴン・タトゥーという殻に自分を閉じ込めていたが、雑誌記者による事件調査に協力しているうちに、男に特別な感情を抱き、少しずつ人間的な体温を回復してゆく。そのひりひりするような心情の変化を、スウェーデン版の女優ノオミ・ラパスが味わい深く演じている。

最も印象的なのは、雑誌記者に密かな恋心を抱くようになったリスベットが、その思いをそっと告げようとするラスト近くのシーンである。

ハリウッド版では、彼に革ジャンをプレゼントしようとするが、雑誌記者に同僚の恋人らしき人がいることを知って、その革ジャンをゴミ箱に捨ててしまう。スウェーデン版では、もっとずっと微妙な形で、彼女の気持ちを映像化している。何か言おうとして、何も言わずにドアを閉めて立ち去るのである。

何もしないということで、自分の気持ちを表現するというこのシーンにわたしは、思わず唸ってしまったのだ。これはまるで成瀬の映画のようじゃないかと。

†スウェーデンへの親和性

『ドラゴン・タトゥーの女』は、ストーリーも、役者も秀逸な作品だが、わたしがこれほど惹きつけられた理由は、陰鬱と言ってもよいような背景の景色や、人々の醸し出す空気、息遣いといったものによる。こういう、雰囲気の映画、最近はほとんど観ていなかった。

わたしのオールタイムベストは、ラッセ・ハルストレムの『マイライフ・アズ・ア・ドッグ』という映画である。ライカ犬、納屋でのボクシング、五〇年代の町の風景、雪景色、イングマルという名前など、さまざまなイコンが鏤《ちりば》められた傑作である。特に、「(人工衛星で打ち上げられた)あのライカ犬よりは、ぼくは幸せだ」と自分を慰める少年のセリフは、いつまでも心に残る。

映画の主人公の名前は、イングマル。この時代のスウェーデンで、イングマルと言えば、誰もが北欧初めての世界へビー級チャンピオンになったイングマル・ヨハンセンを思い浮かべるはずである。彼は、ちょうど、日本の戦後復興のひとつのイコンになった世界チャンピオン白井義男のような存在だった。

映画のラストでは、スウェーデンの田舎町の家々で、ラジオに聴き耳を立てる人々の姿があった。窓の外は雪。ラジオからは、フロイド・パターソンとイングマル・ヨハンセンの世界タイトルマッチの実況が流れている。ヨハンセンの勝利が決まったとき、人々は家々を飛び出して、曇天、白銀の世界の中で歓声を上げる。

この映画がわたしの心に強く残った理由は、自分たちをボクシングに重ね合わせるような喜怒哀楽の世界を、わたしもまた経験していたからであり、このときの少年イングマルが、わたしとほとんど同い年であったことによるのかもしれない。わたしもまた、ソ連が打ち上げたスプートニクが天空を横切るのを、空想の中で見上げていたのである。

以来、わたしはハルストレム作品を見続けてきた。スウェーデンと密接な関係にあるフィンランドには、わたしの最も好きな監督である名作『浮き雲』の監督アキ・カウリスマキがいる。そして、このたび、まったくジャンルのことなる映画である『ドラゴン・タトゥーの女』に出会って、『マイライフ・アズ・ア・ドッグ』や『浮き雲』と同じ匂いを嗅いだのである。

いや、こういったサスペンスものにこそ、スウェーデンの空気は似つかわしい。このスウェーデンの空気への親和性は、どこからくるんだろうと考えてみた。よくわからないのだが、主人公が皆、内向的であることが、その大きな要素のひとつだったと思う。

■瞬間のコミュニズム──『オーケストラ！』

ひと月に何回かは、わたしの家で友人たちと映画を鑑賞している。わたしは、これを隣町シネマパラダイスと称している。還暦過ぎの爺たちが好んで見るのは、やはり評価がすでに定まっており、失望することがないかつての名作ということになる。わたし自身は、現在、年間数百本の映画を観ているので、新作、問題作、駄作と、ほとんど雑食状態になっているのだが、古希になろうとしている友人たちにわたしの個人的な趣味を押しつけるのは忍びない。

観客は最大数で四名。少ないときは二名。

最近、好評だったのは、ロナルド・コールマンとグリア・ガースンが共演した『心の旅路』（監督マーヴィン・ルロイ）だった。一九四二年に制作され、多くの観客の心をとらえた名作中の名作である。記憶違いでなければ、哲学者の木田元が、新聞に「生涯の一本」として、この映画の名を挙げていたと思う。以来、わたしたちはひたすら泣ける映画を観続けている。

その日は、三名の予定だったが、友人のひとりに急な法事が入って、結局隣町に住む、自動車部品製造会社の社長とわたしとふたりだけになった。新しい映画も発掘してみようということになり、選んだのが『オーケストラ！』というフランス映画だった。

これが当たりだった。

物語の舞台はブレジネフのユダヤ人弾圧があった時代のソ連と、現代のロシア。ソ連の時代と現代のロシアの間に流れた三十年が物語の骨格になっている。

二〇〇九年の作で、見所満載の作品に仕上がっていたが、日本での評判はどうだったのだろう。最近は、ＤＶＤの普及で、映画館で映画を観る機会も少なくなってしまったが、この映画に限っては、暗い映画館の大スクリーンで観ることができなかったことを悔やんだ。ラストで、チャイコフスキーのバイオリン協奏曲が劇場一杯に響きわたる光景は、想い出す度に鳥肌が立つ。

映画は、ボリショイ交響楽団の掃除夫が、支配人の部屋の掃除中に受信されたファックスを盗み見たところから始まる。この風采のあがらぬ男（アンドレイ）は、かつてはボリショイ交響楽団の名指揮者として一世を風靡していた。とくに、チャイコフスキーのバイオリン協奏曲は圧巻の演奏で、ソ連だけではなく、世界中の人々を熱狂させた。しかし、東西冷戦のさなか、ブレジネフはユダヤ人を弾圧し、協奏曲のソロバイオリニストであるレアを解雇する。レアは、西側の報道インタビューで弾圧に抗議したが、これが元で人民の敵として収容所送りになってしまう。この処遇に抗議する他の団員とともに、名指揮者アンドレイも解雇される。

今はしがない掃除人夫になったアンドレイが偶然目にしたファクスは、パリシャトレ座からボリショイ交響楽団に対する公演の依頼だった。アンドレイは、そのファクスを盗み取り、昔の仲間を集めて、もうひとつのボリショイ交響楽団を再結成して公演を受けようと画策する。マネージャーには、アンドレイたちを貶めた元の劇場支配人、イヴァン・ガブリーロフを抜擢する。イヴァンは熱狂的なコミュニストで、ブレジネフの時代を再興したいと思っている。

アンドレイは、ふたつの条件を付ける。パリでのプログラムは、ソ連時代に演奏中に弾圧を受けて中断された、チャイコフスキーのバイオリン協奏曲にすること。もうひとつは、ソリストとしてフランスのスターバイオリニストであるアンヌ＝マリー・ジャケを起用すること。

さて、ここから先は散り散りになった三十年前の楽団員を探し出し、彼らに公演への出演依頼をするドタバタが始まる。この辺りのドタバタはやや冗漫なのだが、この冗漫さがかえってラストの緊張と集中を際立たせている。

ようやく団員を集め、一行はパリへ向かう。公演が始まろうとするときになって、マネージャーのイヴァンがフランス共産党の大会へ出席するために、楽団を去ると言い出す。アンドレイとイヴァンの口論が始まる。イヴァンは、コミンテルン（共産主義インターナショナル）の再興のために、パリに来たのだと告げる。一夜の音楽よりもコミュニズムが大事なんだと。

このときのアンドレイの反論がいい。楽団の一人一人が、自分の可能性を信じ、それらが一堂に会してハーモニーを奏で、天上へと昇り詰めていく。これこそ、コミュニズムではないかというのである。わたしが目にした、この映画の批評で、この部分を取り上げているものはなかったが、わたしには大変印象的な場面であった。

演奏が始まり、最初は下手くそ過ぎて聴衆の笑いを誘うほどの有様である。やはり、三十年のブランクは埋められない。団員の腕も楽器も錆びついている。ところが、アンヌ＝マリー・ジャケのソロパートが始まると一気に空気が変わる。団員たちは、追放され狂死した天才バイオリニスト、レアの面影をジャケの中に見て、かつて自分たちが演奏したハーモニーを思い出す。一体、アンヌ＝マリー・ジャケとは何者なのか。それを知っているのは、指揮者のアンドレイだけである。ジャケ本人でさえ、自分が何者なのかをよく知らないのだ。そこには、ひとつの秘密が隠されているのだが、それをここに書くのは野暮だろう。

この映画のラスト十五分では、チャイコフスキーのバイオリン協奏曲が始めから終わりまで演奏される。曲の背景で、すべての秘密が明かされ、負け犬の集団だった団員たちが、かつての名誉を取り戻してゆくまでの軌跡も描かれる。この十五分は、圧巻という他はない。このシーンは、それまでの全ての物語的瑕疵を払拭して余りあるものになっている。

「いやあ、面白かったね」

「ああ、すごい。『セッション』は、この映画からインスパイアされたんじゃないかな」

「うん。でも、『セッション』よりもこちらのほうがいいんじゃないか」

そして、わたしたちは、もう一度ラストの十五分を見直すことにした。この映画の成功の大きな部分は、チャイコフスキーの曲そのものにある。

一体、こんな曲をゼロから創り出すなんて。

以後、わたしは毎晩のようにYouTubeでこの曲を聴いている。

なるほど、偉大な作曲家は、毎晩、一瞬のコミュニズムを実現している。

■根こそぎにされた人々の連帯――『希望のかなた』

フィンランドの映画監督、アキ・カウリスマキの作品を夢中になって観始めたのは、『過去のない男』を観たからだった。この作品は二〇〇二年のカンヌ国際映画祭のグランプリ作品。暴漢に襲われて記憶喪失になった男に、港町ヘルシンキのコンテナに暮らす労働者たちが救いの手を差しのべる。「人生は後ろにはすすまない」というコンテナハウスの主人の言葉が身に染みた。

富者のコミュニズムという言葉があるが、カウリスマキの作品に富者は出てこない。いつも、貧者が貧者に救いの手を差しのべる。わたしは、「貧乏人を助けるのは、貧乏人だと相場が決まっている」とよく言っているのだが、まさにわたしの口癖をそのまま映画にしてくれたのがカウリスマキだった。

以来わたしは、カウリスマキの映画を片っ端から観てみようと思ったのだが、このマイナーな映画監督の作品を入手するのは難しかった。当時、日本では「トータル　カウリスマキ」というDVDボックスが発売されていたのだが、流通数が極端に少なく、アマゾンで購入するには何万円もの出費を覚悟しなくてはならなかった。契約しているDVD配信サービスにもカウリスマキの作品リストはあったが、予約しても待ち行列が長すぎて、一向に届く気配はなかった。それでも、手に入る作品だけは借りたり単品購入したりして、観ることができた。

何と言っても代表作の『浮き雲』を手に入れたときは、うれしくて何度も観て、自宅で友人たちとの映画会も開催した。他に印象に残っているのは、『街のあかり』『マッチ工場の少女』『愛しのタチアナ』などだが、いずれも、絶望的な状況の中に、希望の光がかすかに射しているような、独特の文体に引き込まれた。

カウリスマキの一連の作品は「労働者三部作」、「港町三部作」、「敗者三部作」というように、三部作構成のシリーズになっている。シリーズとはいっても、それぞれ完結した単独の作品である。この監督自身がそう名付けたのか、ファンがそのようにカテゴライズしたのかは不明だが、なかなか味わい深い構成である。

今回、渋谷のユーロスペースで観ることができたのは、「港町三部作」改め「難民三部作」の二本目の作品である『希望のかなた』。ちなみに、このシリーズの一本目は『ル・アーヴルの靴みがき』で、こちらも、ユーロスペースで観た。

ところで、カウリスマキのファンは、日本に何人ぐらいいるのだろうか。以前、友人に連れられて銀座のワインバーへ行ったとき、そこで働いていた女性のひとりが、熱烈なカウリスマキファンであった。銀座とワインバーという組み合わせも少し違和感があるが、銀座とカウリスマキはもっと似合わない。

このワインバーは、バーとクラブの中間のような体裁で、常連客である友人と一緒に一席だけあるソファー席に陣取ると、カウンターでドリンクを作ってくれていた若い女性が同席してくれた。銀座の若いホステスさんとカウリスマキとなれば、これはもう典型的なミスマッチだろう。ところが、この女性がカウリスマキの映画は全て観ているのだという。

カウリスマキは、銀座じゃなくて、深川とか、森下とかの下町だろうと思ったのだが、その女性が森下から銀座へ通っていると聞いて妙に納得した。普通のひとは、カウリスマキを観ない。とくに理由はないのだが、そんな感じがする。カウリスマキの作品は、消費的な部分はすべてそぎ落とされている。現代の消費資本主義に生きていながら、徹底的な消費資本主義嫌いなのだ。

今回の作品もまた、行く当てのないシリア難民を主人公にして、彼の周囲にいる資本主義的敗者たちが、彼に寝床を与え、仕事を与え、いくばくかの金を与える。現代の理想的福祉国家に思えるフィンランドにおいても、敗者はいる。この、根こそぎにされた人々の連帯は、かすかな希望でもある。

映画の上映は日曜日の午後三時過ぎに始まる。その前に、わたしは何年振りかで渋谷の街を歩いた。

いまや、渋谷は、世界のどことも違う若者たちの消費の楽園になっている。わたしのような還暦過ぎの人間はほとんど見かけることもない。横断歩道も真っ直ぐには歩けない。

肩がぶつかり、人波をかき分けながら歩いていると、ここは、お前の来るところではないと言われているような気持になる。タバコの吸えるカフェを何とか見つけて苦いコーヒーをする。どうせ、カウリスマキの映画だから、空席ばかりが目立つことになるに違いない。あの暗闇に行けば落ち着いた時間を過ごせるだろう。

直前に劇場に到着すると、予想に反してフロアは観客でいっぱいだった。客席に案内され、予告編を見ているうちに、空席がどんどん埋まっていく。へえ、ここには全国のカウリスマキファンが総動員されているんじゃないのかと思うほどの混み具合である。本編が始まる直前には、立ち見客まで入ってきて、階段にも座り始めた。

ながら空きの映画館の暗闇に沈み込んで、カウリスマキ気分を味わおうという当ては外れた。しかし、日曜日の昼間の映画館に、これほどのカウリスマキファンがいることが、なんだかうれしくなった。

まだ、捨てたものじゃないな。消費資本主義の中心地に、これほどのカウリスマキファンが結集していることは、かすかな希望なんじゃないか。そんなことを思っていたらオープニング・タイトルがスウェーデン語で映し出された。

スウェーデン語は読めないが「希望のかなた」と書いてあるのだろう。

■過去を生きなおすという経験――『日の名残り』

正月から風邪を引いてしまい、家にこもっていた。することもないので、毎日映画と、小説と、テレビを観続けることになった。寒空の下で、初詣の列に並んで震えるよりは、こちらのほうがどれだけましかと、風邪に感謝したい気持ちになったのであった。

録画してあった、カズオ・イシグロの『白熱教室』という番組を観ていたら、彼が「小説で大切なことは事実を伝えることではなく、情感を伝えることだ」というようなことを言っていた。当たり前と言えば当たり前のようだが、わたしは、彼の作家らしい思慮深い話しぶりに見入ってしまった。そして、このひとに文学賞を与えたノーベル賞委員会の見識に拍手したい気持ちになった。情感を伝えるとはどういうことなのか、もう一度じっくりイシグロの小説を読みたいと思った。

本棚から、『わたしを離さないで』『日の名残り』『遠い山なみの光』『わたしたちが孤児だったころ』を取り出して、読み続けることになった。

『わたしを離さないで』と『日の名残り』は映画化もされている。どちらも、小説の雰囲気を壊すことなく、丁寧に作りこんだ秀作である。とくに、『日の名残り』でバトラー役を演じたアンソニー・ホプキンスと、彼が思いを寄せる給仕長役のエマ・トンプソンの演技には、ただ驚嘆するばかりであった。こういうのを、抑えた演技というのだろうか。大げさな身振りはひとつもないにもかかわらず、心の中を揺れ動く情感が手に取るように伝わってきた。

所謂悲しみや、怒りや、喜びといった喜怒哀楽の感情を表現しているのではない。そうした感情がやがて奔流となり、身体の外部へと決壊しそうなところを皮膚の皮一枚で堪えている人間を表現するのである。皮膚の内側に感情の奔流があり、皮膚の外側には職業に対する誇りや、自己の欺瞞に対するうしろめたさがある。外目には、何もなかったかのような静けさがあるだけである。

そんな演技が可能なのかと思うだろうが、この二人は見事にその、あやうい情感のバランスを演じきっていた。

その意味では、この映画は、かなり原作を忠実に映画化していた。目には見えないものを描き出すことに成功している。

小説の方が、情感を伝えることは容易かもしれない。独白という手法によって、ひとりの行動の内側にどのような化学変化が起きているのかを微細に語ることができるからである。ただ、イシグロはその容易さに与しようとしない。この小説の妙味は、主人公の独白も必ずしも信頼できるものではないことを、読者に伝えることに成功している。

読者は、主人公である語り手に自分を同調させながら、主人公と一緒になって精神の暗がりを覗き見るほかはないのである。ここに、小説でしかできない表現があると言ってもよいかもしれない。読者は、小説世界に入り込むことで、過去に生きていた人間の経験を共有するのである。それは、見物でも、学習でもない、まぎれもないもうひとつの経験である。

小説には、失われた過去を、死体としてではなく、生きたまま現在に取り出すことができるのだろうかという、大きな手法上のテーマも伏流している。おそらくはイシグロも心を奪われたであろう、マルセル・プルースト以来のテーマでもある。

日本に生まれながら、イギリス人として育ったイシグロにとっては、現在の自分が何者であるかを知る上でも切実なテーマであったはずだ。過去の出来事を、単なる年表的な古びた事実としてではなく、実際の生きられた時間として再現すること。

それはたとえば、歴史的事実としては、単なるナチ協力者として断罪される他はなかった館の主人について、その内面には、歴史的事実とは別の次元の、必然というものがあったことを知ることでもある。現在から見れば、彼はあのときなぜ、あのような選択をしてしまったのかと言うことは可能だろう。しかし、それは、そのときの選択が将来どのようになっていったのかという筋が全部見えているからこそ、言えることではないのか。生きている現在とは、将来の筋が何も見えないところで立ち往生しているようなものである。

文学がやるべきことは、歴史の審判者として過去を断罪することではない。文学という表現方法でしかできないことは、過去の、ある時点における、「生きている現在」を掬い上げることであり、あり得たかもしれない過去をもう一度生き直すということなのだ。

小説には、何度か「品格」という言葉が出てくる。もとの英語ではどう書かれていた言葉なのだろうか。映画の中では dignity という言葉で表現されていた。おそらくは、原作でもこの言葉が使われていたはずである。「品格」という翻訳が適切なのかどうかはよくわからない。ただ、イシグロが表現した個人の dignity は、歴史の表層にはあらわれようのないものである。

過去の時間の中に降りて行って、イシグロが掬い上げたかったのは、おそらくは、その時代を生きた人間のdignityというものの宿命だったに違いない。そして、人生には、歴史の審判者には見えない機微が潜んでいるのだと、告げようとしているのかもしれない。

■寡黙なものたちは饒舌なものたちに利用され、捨てられる――「下町ボブスレー」

「下町ボブスレー」という物語があった。下町の工場で生まれた技術と情熱の結晶であるボブスレーが、世界のひのき舞台で活躍するという物語は、テレビドラマにもなり、多くの日本人の心の琴線に触れた。しかし、現実は物語のようには進展しなかった。

これは、大田区の町工場が中心となって起こした実際のプロジェクトだったのだが、平昌オリンピックの開催直前に、契約先のジャマイカチームはこの「下町ボブスレー」を使用しないと決めた。「遅い、安全でない、検査不合格」というコメントと共に不使用を通告してきたのである。代わりにチームが採用したのは、ラトビア製だった。

かつて怪我で引退を余儀なくされ、酒浸りになっていたラトビアの選手が、再起をかけてボブスレーの制作に乗り出した。ボブスレー競技の現場を知り尽くした男たちのつくる寡黙なソリに、官民一体の物語に仕立て上げられた饒舌なソリは負けた。

同じ大田区で生まれ育ったわたしは忸怩たる思いでこのニュースを聞いた。何故、日本はこんなチープな物語に頼らざるを得なかったのか。しかし、それが失敗の物語である以上、そこには汲み取るべき教訓が隠されているはずである。

教訓の一つ目は、職人たちの長い下積みと研鑽の世界は、短期的で派手な結果を求める政治の世界とは水と油のように混じり合わないということである。「下町ボブスレー」は、ジャパンブランド売り込みの恰好の材料だった。安倍晋三内閣総理大臣も二〇一三年の施政方針演説で「下町ボブスレー」に言及し、ついには教科書にまで採用された。下町の技術が世界を驚かせるという物語は、ジャパニーズドリームとして、これまでも何度も繰り返されてきた。

政治家が職人の世界をナショナリズム高揚の宣伝材料にすることに対して、わたしは強い警戒心を持っている。

わたしは大田区の町工場で生まれ、住み込みで働く工場の職人たちと寝食をともにして育った。高校生になるまで旋盤のモーター音や、「蹴飛ばし」という踏み込み式のプレス機の音で目覚めた。ガッタン、ゴットンという機械音は今でもわたしの耳に残っている。

ところで、大田区はそもそも「下町」ではない。あえて言えば「場末」である。戦後の復興期に、羽田浦から多摩川沿いに広がる一帯には、九千もの町工場がひしめいたという。ひとびとは、埋め立てられた土地に工場を作り、近隣の大工場の下請け仕事で糊口《ここう》をしのいだ。多くは父親と家族だけで営む「ひとり親方」の工場だった。今でも多摩川沿いには、その名残りのようなプレス屋、メッキ屋、研磨屋などが並んでいる。

大田区の旋盤工にして作家である小関《こせき》智弘は、『錆色の町』『羽田浦地図』という小説や『大森界隈職人往来』というルポの中で、職人たちが、困難な生活の中で、生き残るために懸命に腕を磨き技を競う情景を描写している。小関の筆には、美談に仕立て上げようというけれんはない。文章からは、職人に寄り添い、応援する作者の息遣いが聴こえてくる。九千あった町工場は、現在は半数ほどになっており、どこも人手不足と、元請けのコスト削減要求に四苦八苦している。朝鮮動乱の特需もあって好景気に沸いたときもあったが、以後は衰退の一途を辿った。市場の成長が止まり、親会社が生産調整に乗り出せば、町工場は一番先にコスト削減の矢面に立たされてきた。

教訓の二番目は、なんだろう。「日本スゴイ」と言ってはしゃいでいるひとたちがいるが、それを聞くとわたしはむしょうに腹が立つ。スゴイのは、あなたでもなければ、日本でもない。スゴイひとたちは、中国にも、韓国にも、ラトビアにもいる。彼らはいつだって、寡黙で地道な努力を重ねている。

寡黙なものたちは、いつも饒舌なものたちに利用され、捨てられる。わたしが「下町ボブスレー」に感じたのはこれだった。

第3章

旅の途中で

還暦を過ぎて早くも十年が経過した。中学校の同級生だった自動車部品メーカー社長の駒場徹郎と、「人生は短い、もう仕事であくせくするのはやめて、百回は温泉に行こう」と話し合った。駒場徹郎とは、還暦の時に再会し、もう一人の友人で画家の伊坂義夫を加えて、隣町探偵団を結成し、近隣の町歩きと、歴史探偵を楽しんでいる。

歳月は、年齢によって過ぎ去る速度を変化させる。小学生の六年間や、中学生の三年間の何と長く豊穣だったことかと、最近痛切に感じるようになった。

昭和天皇が崩御されて、早くも三十年。平成の時代も終わって、令和の時代が始まっている。小渕恵三が平成と書かれた額を掲げたのは、つい昨日のことのようだが、この年に生まれた子たちはもう中年にさしかかっている。この三十年間は、わたしたちにとっては指呼の間であった。

これから先、おそらく、活発に動き回れるのはあと十年程度であろう。十年で百か所の温泉巡りをするためには、ほとんど毎月出掛けなければならない。何でもないようだが、未だ仕事で忙しく動き回っている身には容易なことではない。

それでも、家にじっとしていれば、足腰が鈍る。人生の切っ先が鈍ってしまう。どうせ出掛けるのなら、思い切って日頃縁のない秘境へ入りたい。本物の温泉に浸かってみたい。

■鳥と熊と山姥と――姥湯温泉

何年か前、映画『人間の証明』で有名になった霧積温泉に行ったことがあった。そこも、山深い秘湯だった。そこの旅館で手に入れた『究極の源泉宿73』（祥伝社新書）という本が手元にあったので、頁を繰ってみた。著者の小森威典氏によれば、生まれたての源泉がそのまま湯船の中に、しかも適温で入っているのは、一万数千軒の温泉旅館中の1%に過ぎないそうである。

というわけで、わたしたちが温泉百か所踏破の最初に選んだのは、その本も勧めている山形県の山深い秘湯、姥湯温泉であった。

わたしたちは、福島まで新幹線で行き、そこでレンタカーを借りた。お昼どきだったので、どこかで蕎麦でも食おうということになり、三十分ほど車を転がして到着したのは、奥羽三高湯のひとつである吾妻高湯温泉。開湯四百余年の歴史を持つ名湯である。ちなみに他の二湯は、山形の蔵王温泉と白布温泉である。

宿でおいしい蕎麦をいただき、一路姥湯温泉へと車を走らせる。実際にはこの宿の北側数キロのところに目的地はあるのだが、道がないのでいったん山を下りて、迂回して山道に入る。途中、「ここより先、米沢」の道標がある。ここは福島と山形の県境なのだ。

片方が切り立った崖になっている危なっかしい山道を上っていくと、奥羽線の峠駅に着いた。レールの廃材を骨組みにした無人駅で、構内に入るとまるで、ヨーロッパのフィルム・ノワール映画のセットに迷い込んだような気持ちになる。山形新幹線開通以前は、普通列車はスイッチバックで登っていたので、線路が複雑に入り組んでいる。

しばらく駅を探索して、さらに山道を進むと漸く目的の姥湯温泉に到着した。これまで見たことのないような、むき出しの山肌に囲まれた秘境に一軒宿があった。桝形屋である。

さっそく浴衣に着替え、海抜千三百メートルにある混浴の露天風呂へ直行。ほのかな硫黄の香る乳白色の湯である。

瞑目して耳を澄ませば、さまざまな鳥の鳴き声が聞こえてくる。

いいところへ来た。それにしても、こんな山深いところに、よくぞ温泉を探り当てたものである。山肌が露出しているのは、ここが昔の噴火跡であることを示している。

旅館のホームページを覗くと、その由来が書かれていた。

「鉱山師だった初代が鉱脈を求めて山々を渡り歩いているとたまたまこの地へやって来た。

すると露天風呂に髪の長い女性が湯浴みしているではないか。

こんな山奥で女が湯浴みとはと驚き、おそるおそる近づけば、なんと、赤ん坊を抱いた恐ろしい形相の山姥であった。

思わず逃げ腰になると、山姥はそんな因果な山師などやめて、この湯の湯守にならんかいと云い残し、赤ん坊もろとも山姥の姿はどこかへ消えてしまったという」

それが、初代当主遠藤大内蔵《くらぞう》の言葉かどうかは定かではない。現在の当主は十七代目である。

自然の中にぽっかりと穴が開いたような湯船に浸かっていると、いまにも山姥が現れ出てきそうな気配である。宿の中居さんによれば、熊が湯に入りにくるかもしれないということであった。混浴とは、人間と熊との混浴だとは、恐れ入る。

そういえば、ここに来る途中やたらに「熊に注意」の看板があった。

熊の方が先住者なのだろう。人間というものは、どんな山奥にも分け入る。

夕食をいただき、今度は満天の星空の下での沐浴。

決して便利とは言えないがこんな贅沢はなかなか味わえない。旅は貧しく、不便なほど楽しい。

■『乱れる』の舞台を歩く――銀山温泉

日本映画の巨匠三人と言えば、黒澤明、小津安二郎、そして成瀬巳喜男ということになるだろう。わたしは、いずれのDVDボックスも購入して、折に触れて繰り返し観ている。その作品群は質量ともに圧倒的であり、優劣をつけることができない。誰が好みかということなら、成瀬の名前を挙げる。男と女の「情感」を撮らせたら、成瀬に及ぶものはない。しっとりとして、甘みがあり、それでいて絶望的な写真を撮る。

では、その成瀬作品の中で、どれが好みかと問われれば、躊躇なく『乱れる』だと答える。誰もが絶賛した『浮雲』と、『乱れる』は二本続けて観たい映画である。話はまったく違うものだが、戦後間もない日本と、昭和の高度経済成長期の日本が生き生きと描き出されている。日本経済の黎明期を感じてもらうために、大学院の「戦後経済史」の中で、わたしは何度か『乱れる』を教材に使った。

そこには、ポスト経済成長の時代に入った日本が抱える問題点の萌芽がすでに出そろっているからである。大型店舗の地方都市への出店は、地場の店舗を直撃した。誰もが、都会を憧れる時代になって、どこの店も事業承継に頭を悩ませていた。一九六四年の東京オリンピックのときに、すでに地方都市の過疎化が始まっていたのである。

物語の方は、どちらも男と女の愛憎と、時代に追い抜かれていくひとびとの悲哀が丁寧に描かれる。そして、『浮雲』では伊香保温泉が、『乱れる』では銀山温泉が重要な舞台になっている。

『乱れる』の主人公、高峰秀子は嫁ぎ先である清水（現・静岡市）の酒屋を切りまわしている。夫は二十年前に戦死している。加山雄三演じる義理の弟が、兄嫁の高峰に思いを寄せる。兄嫁を踏みとどまらせているのは、戦死した夫の遺影である。募る思いを振り切るために、若後家は、身を引こうと酒屋を去って実家へ向かう。その列車の中には、加山雄三が待っていた……。

先日、念願かなってその銀山温泉を訪ねることができた。

いつもの、隣町探偵団メンバーによる毎月温泉旅行である。山形新幹線の大石田で降りると、銀山温泉行のバスが出ている。映画『乱れる』でも、高峰秀子と、彼女を慕う加山雄三が下車した駅である。わたしたちは一つ手前の村山駅で下車し、レンタカーを借りて現地へ向かうことにした。

村山には、蕎麦好きにはたまらない「村山そば街道」があるからである。レンタカー屋で、あらかじめおすすめ店の情報を得て、十四番店にあたる「あらきそば」に立ち寄った。百年続くかやぶき屋根の重厚なつくりの店舗に入ると、玄関口にお婆が座っていて、下足の案内をしてくれた。太くコシのある蕎麦と、極上の辛つゆには思わずうなってしまう。店のひとたちと少し話をしたのだが、強いなまりのある東北弁はなかなか聞き取れず何度も聞き返す。彼らの素朴な応対や、やわらかい物腰に、何故か胸が熱くなる。こんな東北弁をこれまで聞いたことがなかった。

店を出て、暫く車を走らせると、高く積もった雪道の合い間に、映画の場面そのままの光景が現れた。どこにでもある温泉地を格別の場所にしたのは、やはり映画『乱れる』があったからだと思った。

■映画館と織物の余韻――青梅

ゴールデンウィークの初日、友人と町歩きをしようということになり、ふたりで青梅へ向かった。

以前、川本三郎さんの『東京の空の下、今日も町歩き』（ちくま文庫）を読んで、いつかこの古い街並みを歩いてみたいと思っていた。

車を青梅駅の近くの駐車場に止めて、旧青梅街道沿いの商店街を歩き始める。想像していたとおりの、風情のある町が広がっている。なんで、こんな山間の宿場町が、こんな風に保存されているのか、不思議と言えば不思議である。商店街の看板には、なつかしい手描きの映画看板が掲げられており、それだけでもうきうきした気分になる。

「昭和レトロ商品博物館」や「昭和幻燈館」、「青梅赤塚不二夫会館」といった昭和レトロ三館には、観光客が集まっている。『鞍馬天狗』『ニュー・シネマ・パラダイス』の看板が目に飛び込んでくる。バス停には一九五六年のコメディの名作『バス停留所《ストップ》』の大きなポスターが貼られている。主演は言わずと知れたマリリン・モンロー。

小津安二郎の『晩春』やジョン・フォードの『黄色いリボン』の看板もある。映画好きのみならず、わたしたちのような昭和三十年代に子ども時代をおくった世代にとっては、古き良き時代の手触りがそのまま保存されているようで、ありがたいことこのうえない。

この町に生まれた映画看板師である、久保板観さんの手によるもので、四千枚以上の看板を制作してきたという。その看板を町おこしに使ったのだろう。最近は映画館で、手描き看板を見ることはなくなったが、昭和の時代には手描き看板が主流であった。わたしが最初に父親と観た洋画は、蒲田駅東口にあった映画街でかかっていた『シェーン』である。あの看板も、久保さんの作品だったのだろうか。

青梅はまさに映画の町だが、現在は映画館が一軒もない。かつては、青梅大映をはじめとする三館が営業していたが、時代の趨勢とともにすべて閉館してしまった。青梅だけではない。一九六四年の東京オリンピックを境に、町の景観がみるみる変化し、映画館の灯りがぽつりぽつりと消えていったのである。

しばらく町を散策したのち、わたしたちは疲れた足を休ませるために一軒の喫茶店に入った。ドアを開けると、店内のあちらこちらに、色とりどりの布が掲げられている。還暦前後の上品なご婦人が淹れてくれたおいしいコーヒーをいただきながら、わたしたちは町が映画館で賑わっていた時代の話をしていた。

そこに、ひとりの女性客が入ってきて、女主人と話を始めた。わたしたちは、ふたりの会話を聞きながら、なんと美しい日本語をしゃべる人たちなのかと感心し、会話に割って入った。女主人は、店内の布は「夜具地」というもので、布団のカバーとして使われたものであり、かつて青梅が機織りで賑わっていたことを教えてくれた。駅近くの鰻屋で見た青梅の歴史写真集には、当時の隆盛がモノクロームのフィルムに焼き付けられていた。見番もあって、夜な夜な芸者衆にお呼びがかかるほどの隆盛であったという。

自動織機が並ぶ製造所も、時代とともに消えていった。廃業に際して、補助金を得るためには自動織機を潰す必要があり、織物も廃棄されたのだという。時代の進歩は、ときとして残酷な一面を見せる。潰された自動織機は、雨ざらしになって朽ちていった。そのとき、織られていた布も大量に廃棄されたという。

喫茶店の主人は、廃棄された布を持ち帰り、時間を忘れてアイロンがけした、とわたしたちに語ってくれた。

後日、この主人がわたしが店主をしている喫茶店を訪ねてくれた。

お土産に持ってきてくれたのは、夜具地で綺麗に装丁された、メモ帳であった。

■壊したら二度と作ることができないもの――川越

いつか訪ねてみたいと思いながら、いつでも行けるということで、これまでなんとなくやり過ごしていた近場の観光地がいくつかある。

わたしにとって川越はそんな場所であった。小江戸と呼ばれる、蔵造りの家が並ぶ街道は人気の観光スポットになっており、祝日ともなれば若いカップルや外国からの見物客でごった返すという。

先日やっとその川越の旧市街を歩くことができた。メンバーは、いつもの隣町探偵団である。写真やテレビの画面から想像していたのは、映画のセットみたいな街並みであったが、なかなかどうして、歴史を感じさせてくれる重厚な街並みである。蔵造りの建物の軒先では、せんべいが焼かれたり、団子屋や、名産のさつまいもの羊羹屋、アイスクリームの店が並んでいる。こちらはいかにも観光客目当てである。ときおり、カラフルな着物を着たカップルとすれ違う。大正ロマン通りなんていう通りもあって、着付けの体験ができるのである。わたしたちが現地を訪ねたのは平日だった。もしこれが休日だったら、大変な人混みになっていたはずである。

友人が発した第一声は「これは、なかなかの町じゃないか」だった。わたしたち隣町探偵団としては、これほどの文化遺産をやり過ごしてきたのは迂闊だったということである。それにしても、どうしてこんな場所に、歴史遺産のような一角が残ったのか。市のウェブサイトにはその歴史が記述されている。

天正十八（一五九〇）年、徳川家康は駿府から江戸城に移り、関東地方は、徳川氏による支配が始まった。川越城には家康の重臣酒井重忠が一万石で配置され、ここに川越藩の基礎が成立したのである。川越は城下町として発展したのか。では、震災や空襲の被害は受けなかったのだろうか。

市の広報には以下の説明があった。明治二十六（一八九三）年三月十七日に発生した大火によって、中心街のほとんどが焼失。その後、火事に強い建築として、現存するような蔵造りの商家が建てられた。

なるほど、そのときの建造物がそのまま残存しているということは、関東大震災や、あるいは戦争での空襲の被害がほとんど無かったということである。川越はB29の標的になるような場所でもなかった。

総務省のウェブサイトにはそれを裏付けるような記述があった。「川越は他の都市と比較して大きく恵まれていた。その理由として、まず第一に戦災を受けなかったので住居だけでなく、家の財産はほとんど無傷に保たれていたことが挙げられる」。おかげで並んでいる蔵造りの建築物は、百三十年近い風雪に耐えて生き残ることができた。こういうものがただ残っているというだけで、町の財産になる。

火災や戦争は古い建造物を破壊してしまう。しかし、それ以上に凄まじい破壊は、開発という名のもとに行われた環境破壊である。わたしたちは、その環境破壊という開発が生み出した利便さを享受しているわけである。

川越駅にはJR川越線、東武東上線が乗り入れ、本川越には西武新宿線が到着する。確かに川越は交通の要衝として栄えた町でもあり、その分周囲の開発も進んだ。人口が流入してくればマンションやアパートも立ち並ぶ。

歴史遺産のような蔵造りゾーンからワンブロック隔てれば、どこにでもある衰退する地方都市の風景が広がる。

「開発ってのは凄まじいなあ」

「日本は、開発の名のもとに、ずいぶんもったいないことをしたものだと思う」

「ヨーロッパの旧市街を歩くと、本当に古いものを大切に残しているなと思うよ」

「プラハの街並みを建て替えようというプロジェクトがあったよね。住民たちが反対して、古い街並みを残したそうだ。利便性より歴史を大切にしたんだな」

「新しく作るのは簡単だけど、古いものは壊したらもう二度と戻らないからな」

「東京が、もし戦前昭和の古い街並みをそのまま再建していたらどうだったかね。おそらく、いまごろは世界に冠たる歴史遺産になったはずだよ」

わたしたちの話はそれから、東京オリンピックがどれほど東京の街並みを破壊したかに及んだ。それは、年寄りのノスタルジーかもしれないが、それでももう少しやりようがあっただろうとは思う。ほんとうに、古いものは壊したらもう二度と作ることはできない。古いものを壊すなとは言わないが、少なくともそのことだけは肝に命じておきたいものだと思う。

しばらく、旧市街を歩いたのち、古いうなぎ屋で腹ごしらえをして、わたしたちは市立博物館へ向かった。こちらのほうは、あまり観光客が来ていなかったが、かえって落ち着いてこの町の歴史を見学することができた。

さほど人口が多いとはいえない中堅地方都市が、これほど立派な市立博物館を持っていることに驚く。博物館の内部を歩けば、江戸時代の町の大きなジオラマが設置されており、伝統の技術を伝える工法や、制作物の模型も展示されている。この博物館を見るだけで、川越市民の町に対する誇りとか愛情が伝わってくるようであった。古いものを壊さないというのは、自分たちの住む場所への愛情あってこそなのだ。

ありきたりの街歩き。だけど、とてもいい街歩きになったなとつぶやきながら、わたしたちは本丸、川越城の門の前に立った。

■限界集落と名湯——四万温泉

四万温泉に行くには、JR吾妻線中之条駅からバスで吾妻渓谷へ入るのが一般的である。「隣町探偵団」の一行三名は、上越新幹線の上毛高原駅でレンタカーを借りることにした。昨年もこの駅を利用して、名湯法師温泉へ行った。

日光白根山や、谷川岳への登山も、この駅を利用する。上毛高原駅は、登山や温泉巡りのハブのような駅になっている。若いころなら、電車とバスを乗り継いで目的地へ向かったものだが、最近は新幹線や飛行機を使って最寄りの駅や空港へ直行し、そこからレンタカーを借りて旅が始まる。

もちろん、電車バスと乗り継いでいく旅に比べて風情は劣るが、何より時間が短縮できるし、レンタカーを自分たちで運転すれば、寄り道ができるという利点もある。乗り継ぎの道中にこそ味ありという旅好きからすれば、やや邪道だが、わたしたちのような体力に自信のないじじいは、旅の風情よりは、便利で勝手に行先を変更できる気楽さのほうを選んでしまうのだ。

いつものように、レンタカーの手続きをすませて、近所に蕎麦屋を探す。地元で評判という天丸という古民家風の蕎麦屋に入る。山菜の天ぷらとせいろ。これが、なかなかの味でそのまま一杯といきたいところだったが、これから運転が控えている。だいいちまだ旅も始まっていない。

腹ごしらえが済んだところで、わたしたちの車は吾妻渓谷へ向かって走り出した。田舎道を走っていると、ほどなく四万川の澄んだ流れにたどり着く。この川を上流へ向かって進んでいくと、昔ながらといった温泉街に行き当たる。三方を山に囲まれた渓谷は、絶好の隠れ里である。

四万温泉は、伊香保温泉、草津温泉と並ぶ群馬三湯のひとつとして有名だが、有名であるがゆえに、やや敬遠していた温泉地だった。四万川の渓流に沿って歩いてみると、渓流沿いに共同温泉があった。帰りに立ち寄ってみようか。

そのロケーションといい、規模といい、ここが実に申し分のない温泉場であることが実感され、何故これまで来なかったのかと反省の弁を述べると、同行の一人が「なんか来たことがあるような気がするんだよな」とブツブツ呟いている。

次第に記憶が戻ってきたようで、彼はかつて父親に連れられて何度かこの地の温泉旅館に投宿したそうであった。山間の温泉地はどこも同じような光景であるが、何が彼の記憶を蘇らせたのか。そこを少し探ってみたかったが、予約した宿がもう目の前であった。

わたしたちの宿は、日本最古の温泉宿というふれこみの「積善館」である。旅館のパンフレットによれば創業は今から三百年前とのこと。「積善館」という名前がよい。元禄四(一六九一)年に関家の四代目だか五代目の当主、関善兵衛が湯場をつくったという。なるほど、旅館の名は当主の名前からとったのか。明治に入り、十五代目の当主が易経の言葉「積善の家に余慶あり」の意に重ねて、現在の「積善館」になった。

築三百年の建屋は、改築、建て増しを繰り返して現在は本館、山荘、佳松亭の三層構造になっている。名物は、大正ロマネスクを用いた「元禄の湯」。わたしたちは、到着するや否や浴衣に着替え、湯場に飛び込む。ロマネスク様式のアーチ形の窓から五つの矩形の湯船に、五月の光が降り注いでいる。

この湯が何ともやわらかく、湯音もそれぞれの湯船で少しずつ異なっていて、すこぶる気持ちがよい。

「いいね、このお湯」

「ああ、これが化粧水のような湯っていうのかな」

化粧水のような湯という形容が似つかわしいとは思わないが、確かにこれまで踏破したどの温泉よりも優しく、癒し効果があった。

ロケーションの面白さでは、たとえば山形県の姥湯温泉や群馬県霧積温泉があるし、料理の美味しい温泉なら、熱海や伊豆の海岸沿いの温泉があるだろう。

温泉旅館も、何度も訪れるようになると、料理やロケーションよりもお湯の質が気になってくる。その意味では、四万温泉は、「四万の病を治す霊泉」と言われるだけあって、身体にやさしく染み入ってくるような心地になる。隣町探偵団温泉旅行史上に残る名湯だということで、わたしたちの意見は一致を見た。

翌日、四万温泉を出発し帰路につくはずが、新緑萌える街道の風光があまりに気持ちがよく、このまま草津温泉まで足を延ばそうということになった。お湯がいい温泉も奇特だが、運転していてこれほど気持ちがよい街道も珍しかったのだ。

ところどころに、ロマンチック街道という看板が出ている。ロマンチック街道と言えばドイツのヴュルツブルクからフュッセンまでの、古城や宗教建築の残る中世都市を抜けてゆく歴史的な街道だが、日本にもあったとは。こちらは日光から長野県上田までの温泉地の間を巡る街道で、ロマンチックというよりは、日本の限界集落の中を走り抜ける街道であった。道中、ほとんど対向車はなく、もちろん人気《ひとけ》もなく、ただ澄みきった青空を反射させてきらきら光っているせせらぎや、緑のグラデーションに彩られた里山の風景が延々と続く。

陽が西に傾くころには、ぽつりぽつりと谷あいに姿を見せる家屋から、夕餉の煙が上っている。わたしたちは、ほんとうはこういう国土の住人なのだ。

そこでの暮らしはどんなふうなのだろうか。人口減少社会に向かい、若者が姿を消した里山は、これからも残り続けていけるのだろうか。急に押し黙ってしまったわたしたち三人は、同じことを考えていたのかもしれない。

■絶滅危惧動物園――札幌円山動物園

「死ぬまでに百か所の温泉に浸かる」ことを綱領とする隣町探偵団の中核メンバーは三名だが、時折わたしたちが作った喫茶店「隣町珈琲」の初代店主のマドンナがこれに加わる。今月の旅に、北海道生まれのマドンナが参加したのは、評判の良い支笏湖畔の丸駒温泉に行くことになったからである。

台風という天気予報であったが、幸いに当日は嘘のような晴天で、静かな湖畔に面した露天風呂は、旅の疲れだけではなく、日頃の鬱屈を忘れさせてくれるに十分な気持ちのよさであった。美味い料理と、絶景露天風呂を堪能し、一泊の後、レンタカーは帰途についた。千歳空港から東京へ直行するつもりだったが、予約した飛行機便まで少し時間が空いてしまった。時間潰しのつもりで札幌の円山動物園をひやかしに行こうということになった。これが、予想外の面白さで大人になってからの動物園は、まことに興味深いものだということを認識した。

最後に動物園に行ったのは、いつのことだったのか。たぶん、上野動物園に最初にパンダが来たときに行ったような記憶があるが、パンダの前にあふれかえる見物客の頭しか記憶にない。もう、何十年も前の話である。調べてみるとカンカンとランランが来たのが一九七二年なので、すでに半世紀も昔のことになる。

札幌円山動物園に行こうかと言い出したのはわたしの酔狂からだったが、実際に入っていきなり巨大な動物をガラス越しに見たときは、四人ともその巨大さに圧倒されて絶句した。それは、全長三メートルはあろうかという、アムール虎であった。最初は、その手足の大きさに圧倒され、毛並みの美しさに見とれ、ただ唖然としていたのだが、自分たちがこのような野獣と同じ時代に生きていることの不思議さに打たれた。

アムール州、ウスリー地方に生息というのだが、それがいったいどのあたりなのかよくわからない。地図で調べると、中国とロシアの国境付近をウスリー川が流れている。ハバロフスクと、中国吉林省黒竜江省の境目あたりに、こいつが実際に生息しているのである。北海道からだと、直線距離にすれば、九州へ行くよりも近いかもしれない。そんな近いところに、このような野生の巨大虎が闊歩しているのかと思うと、何だかそれだけで楽しくなる。

最近では、生息数は激減しており、ワシントン条約付属書1類の希少種ということ（野生のアムール虎の生息数は現在約四百五十頭と推定されているとのことである）。なるほど、今日では、動物園とは絶滅が危惧されるような生き物を保存する場所でもあるのか。開発という名で勝手に自然を破壊しておいて、絶滅しそうになった動物は動物園で保護するというのも、彼らから見れば勝手な話だろう。

そんなことを考えながら、動物園内を歩いていると、あちらこちらで見たことのない動物と遭遇することが、何だか申し訳ないような気持ちになる。マンガでしか見たことのなかった、全身黒毛で口元だけが白いかわいらしいマレー熊。熊の仲間の中では、最も小さい種で、愛嬌がある。これはいかにも、マンガになりやすい。しかし、ここは北海道なので、ヒグマもどこかに隠れているはずである（実際に間近に見たヒグマは恐ろしくどう猛で、平場では絶対に遭遇したくはない）。高度二千メートルの高地に生息する灰褐色のユキヒョウも印象深かった。寒い国からやってきた刺客のようである。さらには、さまざまな種類のサルを見たり、美しいとしか表現のしようがない色彩とデザインの猛禽類にほれぼれと見とれてしまった。

そして、わたしたちはついに、中空に浮き出た岩場の上で、ライオンがゆったりと辺りを睥睨しているのを見ることになった。

「さすがだな、百獣の王とはよく言ったもんだ」と社長が言う。

「ああ、自分が何者かをわきまえているような」

「確かにそうだ。見ろよ、ハイエナはやはり、卑屈な目をしているじゃないか」とライオン砦のすぐ裏手にいるハイエナを指さして画家が言った。

いや、それは、ハイエナに可哀そうである。「ハイエナのようなやつ」と人間が勝手に形容したおかげで、いつもずる賢い、卑怯な輩であると見られてしまうが、ハイエナにだって言い分はあるだろう。

動物園は、子どもにとっては遊園地かもしれないが、わたしたちのような劫を経たじじいには、生命の存在の不思議さを再確認する宗教的な場所であり、人間がこの地球上で絶対的な支配力を持っていることを、あらためて考える哲学的な学習の場でもある。「宇宙船地球号」という言い方は陳腐で、好んで使いたくはないのだが、こうした絶滅危惧種たちを見ていると、わたしたち人間は、確かに、この地球上で運命を共にしている同乗員であるという気持ちになってくる。地球を大切にしなくてはいけないと、日ごろは考えもしない言葉が浮かんでくる。

飛行機の時間が間近になってきたので、わたしたちは動物園を後にすることにした。見上げると、動物たちの檻の上空をカラスが旋回している。動物たちの餌を狙っているのだろうか。カラスは、檻の中でしか生きられない動物たちをどんな目で眺めているのだろう。帰路を急ぎながら、わたしたちの頭の中に次の疑問が湧いてきた。

自由とは何か。野生とは何か。

世界を支配したと奢っている人間は、やがて、この重層的で、多様な動物たちが生きている世界を台無しにしてしまうのかもしれない。動物たちにとっては人間こそが、迷惑このうえない存在であることだけは確かなようだ。

■孤高のホワイトタイガー——伊豆稲取

楽しみにしていた温泉旅行の週末、日本列島は二週連続の台風に襲われて、各地の被害の模様が、テレビに映し出されていた。

「泣きっ面に蜂」と、漁師町の青年は嘆いた。船が破壊され、漁に出られず、さてこれからどうやって立て直そうかという矢先に、二度目の台風である。自然はときに、人間に対して容赦をしない。何度も自然に叩きのめされながら、人間は何度でも態勢を立て直し、自然を味方につけて生き延びてきた。

「明けない夜はない」「止まない雨はない」のである。

わたしと中学校時代の友人は、雨の中、伊豆稲取行きの「踊り子号」に乗り込んだ。

前回は北海道の支笏湖畔の温泉だった。帰りの飛行機まで時間があったので、札幌の円山動物園に立ち寄った。そこで、目にしたのは、見事な体軀で悠然と横たわるアムール虎であった。アムール川流域に生息するというこの巨大な虎は、現在では四百五十頭ぐらいしか生存しておらず、絶滅危惧種になっている。

わたしは、子どものころから動物園と水族館が大好きだった。世界にはこんなに珍奇な生き物がいるのかと興奮し、自然が作る色彩や形状に圧倒された。

しかし、還暦を過ぎて訪れた動物園の印象は、子どものころのそれとは異なっている。わたしたちの地球上に、これほど多様な生き物が存在していることに対する驚きは変わらないのだが、多くの動物たちが絶滅の危機に瀕していることや、その生涯を檻の中に過ごしていることに対して、こうやって捕囚となって生きていることの悲哀のようなものを感じるようになった。

いったいいかなる機縁があって、この地球上に、アムール虎のような生き物と、わたしたち人間は共存することになったのか。そして、アムール虎に遥かに劣る身体能力しか持たない人間に、保護され、捕囚とされる運命になったのか。もし、人間が今のようでなく、密林の二足動物のまま止まっていれば、アムール虎と人間の関係は逆転しただろう。しかし、今、このアムール虎という美しい種は、絶滅の危機に瀕しているのである。

アムール虎と目が合ったとき、もう、お前とは二度と会えなくなるかもしれないなどと、考えてもいなかった感傷が襲ってきたのである。

以来、わたしたちは、機会があれば動物園も訪ねてみようということになった。

今回伊豆稲取に旅館をとったのは、その近くにアニマルキングダムという動物園があると知ったからである。

旅館に到着したとき降っていた雨が、翌日は台風一過の秋晴れとなった。海沿いの旅館から、タクシーに乗って、伊豆の山を登っていくと、頂上付近に目的の動物園があった。

わたしたちが見たかったのは、この動物園のスターである、ホワイトタイガーである。白い体に縞模様、ブルーの目をした美しい野獣は、インドに生息するベンガルトラの白変種で、飼育されているもの以外には、自然界に存在しなくなっているそうである。歓声をあげている観客の目前を悠然と横切り、脱糞して、また歩き出す、その風情を形容する言葉が見つからない。わたしたちにはいかなる関心も示さない孤高の姿が、そこにあった。

伊豆の白虎よ、きみも、きみの仲間も、この地球上から消え去ろうとしていることを知っているのか。

そう問うてみたい気持ちになったが、それもこちらの勝手な思い込みに過ぎないだろう。

■おさむらいが似合う町――鶴岡

講演の仕事で鶴岡へ行くことになった。

鶴岡という地名は、聞くだけでちいさな胸騒ぎがする。人口は十万人ほどの、庄内平野の一角を占める地方都市に過ぎないが、わたしにとっては「鶴岡」は特別な響きを持っている。いや、それはわたしにとってだけではないだろう。たとえば、この地に生まれた作家、藤沢周平の読者ならば、庄内藩とは、氏の小説の舞台である海坂藩のモデルとなった場所であり、ここには、言葉少なく不器用だが、意思堅固な人々が作り上げた独特の文化が息づいていることを知っている。

✝武士の系譜

昨年、わたしは何十年来の知己を失い痛恨の思いを味わった。

その方とは、盟友内田樹くんの兄である。わたしは彼を「にいちゃん」と呼んでいた。

わたしは大学を出てプータロー生活の後に起業したが、ちょうどそのころ「にいちゃん」も起業した。ビジネスの才能があるようには思えなかったが、将来を見る独特の見識眼と、間違っても時流に乗らない頑固さがあった。何事も自分の頭で考え、思い立ったら真っ直ぐに行動した。海外の工業部品を日本で販売する物流の会社だったが、歯科医用の医療器具をドイツから輸入し始めたころから、「にいちゃん」の会社は急拡大していった。それでも、わたしと会うたびに、「もう経営に飽きたよ。できれば、売上とか利益といった言葉のない生活をしたいんだ。ヒラカワくん代って会社やってくんないかな」などと言っていた。

徹底した合理主義者だったが、会社を離れれば情のひとであった。最終的には大手の医療機器メーカーに全株式を売却して、悠々自適の生活に入った。

生前、公私ともにお世話になり、亡くなるまでの十数年は、毎年箱根の吉池という宿で二泊三日の麻雀を楽しんだ。食事時になれば、最近観た面白い映画は何か、読んで面白かった小説は何かという話に花が咲いた。「生きていれば返してもらうが、俺が死んだら君にあげるよ」といって貸してくれた五本のチャン・イーモウのＤＶＤは、返さずじまいになった。

その「にいちゃん」の墓が鶴岡にある。内田兄弟の父親が鶴岡の出身であり、先祖は庄内藩の武士であった。

「にいちゃん」の病は、わたしが先日手術をした病と同じ、肺腺がんであったが、どういう巡り合わせなのか、発見が遅れ、さらに治療もうまくすすまなかった。ご本人も、途中からは治療を拒否して、病を受け入れていたようである。治療を拒否するきっかけとなったのは、投与していた抗がん剤が体に合わず、拒否反応がおきて、危篤状態になったからであった。実際に医学的に何が起きたのかは、素人のわたしには知る由もなかったが、とにかく見舞いに駆けつけた。

彼は「いやあ、死にかけたよ」と呟いて、読み止《さ》しの文庫本を枕元に置いた。そこには、何冊もの文庫本があった。彼は大変な読書家であり、同時に独特の読書家だった。普通は、どこか、教養のために本を読むところがあるものだが、彼はただ純粋に本の世界に没入していた。

「どうですか、苦しいですか」

「いや、もう何ともないよ。あのまま死んでもよかったかもしれない。いつ死んでもいい。死というものが全く、怖くないんだよ」

わたしは、彼が死を平然と受け入れていることに少しばかり衝撃を受けた。

暫くして「にいちゃん」は退院したが、もはや積極的な治療はせず、それ以前と同じように、箱根の温泉で麻雀卓を囲み、煙草をくゆらせ、湯を楽しんだ。死の数週間前まで、ジタバタすることもなく、涼しい顔をしていた。

実際のところはよくわからないが、たいしたものだ、これはかなわないなと思った。

武士とはこういうものなのかと、百姓の末裔であるわたしには、「にいちゃん」の生き方はまぶしかった。

†日本海に落ちる夕日

講演が終わって、わたしは鶴岡にもう一泊するための宿をとった。チェックインまで時間が余ったので、鶴岡城址公園を訪ね、そこで藤沢周平記念館に入った。藤沢周平の、端正な文字で埋められた原稿や、写真、再現書斎などを小一時間眺め、藤沢作品を城址の木陰で読みふけりたいものだと思いながら、記念館を後にした。

城址を歩きながら、わたしは新潟から鶴岡へ向かう車窓に写る日本海の光景を思い出していた。特急「いなほ」は、新潟から秋田まで日本海沿いを走っている。田んぼの中を走っていた列車は、途中から日本海を見ながら北上してゆく。最初はぼんやりと見ていたのだが、次第に窓に顔をくっつけるほど、その光景に魅了された。赤っぽい岩と砂地の向うには真っ青な日本海が広がっている。特筆すべきは、海沿いに並んでいる民家の漆黒に輝く瓦屋根である。やはり、日本の風光には、瓦屋根がつきづきしい。屋根の黒、砂の白、岩の茶、海の青が絶妙のコントラストを作り出している。

わたしは指定の座席から離れて、窓に正対して海を眺められる特別席に移動した。そして、しばらくうっとりと海を眺めていると、落ちてくる夕日が海を赤く染め始めたのである。一本の光の道が、凪いだ日本海の上にできている。

藤沢周平も、車窓から海を眺めてその夕日の美しさに見入ってしまったことをどこかに書いていたはずである。しかし、自伝的な随筆集である『帰省』にも、『半生の記』にもその箇所が見つからない。記念館には、その文章が抜き書きされていたので、今度もう一度訪ねて確かめてみたいと思う。それはともかく、列車から眺める夕日は様々なことを連想させる。アルチュール・ランボオは、名作『永遠 L'Éternité』で、「太陽に溶ける海」と詠った。日本海の海と太陽は、眺めるものを感傷的にさせる。わたしは、太陽とは関係のない啄木の「やはらかに柳あをめる北上の岸辺目に見ゆ泣けとごとくに」を連想した。「夕日目に見ゆ、泣けとごとくに」である。なんだか、泣き出したくなるような光景であった。

鶴岡の町のあちらこちらには、ここはおさむらいのつくった町だと思わせる気配が漂っていた。端正な古民家が並ぶ通りにも、緩やかに蛇行する川の流れに架かる橋の上にも、おさむらいの影が立ち現れてくるような気配がするのである。来月、「にいちゃん」の法事のために、もう一度、この地を訪問する。そのときは、月山を覆っていた白雪は消え、鳥海山は緑のすそ野を広げているだろう。

鶴岡は藤沢周平が育った場所であり、おさむらいの末裔である「にいちゃん」が眠るにふさわしい町である。

■東京では失われた景色——湯田川温泉

友人の内田樹のお兄さんが、肺腺がんで亡くなってから一年が過ぎた。一周忌ということで、内田樹くんをはじめ、ご一族がお墓のある鶴岡に集合することになった。わたしは、その前日に飛行機で庄内に飛んで、そこからタクシーで前泊予定の湯田川温泉を目指した。

「湯田川温泉までやってください」

「久兵衛旅館かい」とこちらが旅館名を言う前に運ちゃんが言った。

「いや、つかさや旅館です」

鶴岡といえば、ほとんどの観光客は、温海温泉か、湯野浜温泉へ流れていく。どちらの温泉場にも、近代的で快適な旅館が多く、日本海を眼下にする露天風呂の施設も充実している。

いっぽうの湯田川は、三方を山に囲まれ、かつては湯治客が長逗留する温泉場として栄えていたようだが、今はひなびた温泉街であり、宿もどちらかと言えば、古風な日本家屋で歴史のどこかの時点で、時間が止まってしまった感がある。

空港から二十分も車を走らせると、こんもりと常緑樹が茂った山が間近になり、隠れ里のような末枯れた温泉街に突き当たる。

つかさや旅館の案内書には、「庄内藩主酒井家の湯治場として、また出羽三山参拝の精進落としの歓楽街として賑わっていた湯田川温泉にあって、つかさや旅館は湯のぬくもりが時代を経ても決して変わらぬように、一貫して訪れる人々の心をねぎらうおもてなしに心掛けてきました」とある。現在の当主は九代目だそうで、江戸時代から続く旅館の風情を味わうには、もってこいの宿であった。

宿の隣に、正面湯という共同浴場があった。

わたしはいきなりこの正面湯を訪ねて、正方形の湯に浸かった。

湯船の他に何もないが、加温、加水なしの源泉かけ流しである。いまや、こうした純粋な源泉かけ流しの温泉は、全国でも1％しかない。透明で、やわらかい湯に浸かりながら、いいところへ来たと思った。

当地の湯の守り神である、由豆佐売《ゆずさめ》神社の正面に位置しているので正面湯という。湯に浸かってから手ぬぐいを持ってこなかったことに気がついた。「まあ、いいか、身体を空気乾燥させてから服を着ればいい」。ところが、湯温が結構高く、温泉効果で汗が引かない。仕方なく、わたしは着ていた下着を丸めて汗を拭き、浴衣を羽織って湯場を後にした。

汗が引くまで少し歩くかと、由豆佐売神社まで下駄を引きずった。苔生《む》した参道に続く石段を登り切ったところには県指定天然記念物の乳《ちち》イチョウの巨木がそびえ立っている。銀杏の幹が、途中でおっぱいのように地面に向かって垂れ下がっている不思議な巨木で、なんとも奇妙な光景である。

寺の上り口に、藤沢周平原作、山田洋次監督による映画『たそがれ清兵衛』のロケーション撮影が、この湯田川で行われたという説明板があった。そう言われれば、あの貧乏侍が暮らしていた山里の光景は、この神社周辺の光景そのままであり、誰が保存するでもなく当時の空気が保存されていることに改めて気づかされる。夕暮れ間近の神社には、セミの声だけが反響している。

この地には、柳田國男、種田山頭火、斎藤茂吉、竹久夢二、横光利一など錚々たる文人墨客が来湯しており、あちこちにその碑があるということなのだが、神社の境内のあまりの蚊の多さに辟易して、すぐに退散した。東京もんには、この地の蚊の凶暴さに打ち勝つ免疫は備わっていないようだ。

正面湯の向かい、神社への参道の横手には、四角い足湯があった。観光客もない平日の夕方に足湯を利用するのは、近所の家族三人だけであった。裸の足を湯に浸しながら、楽しそうに今日一日の話をしている若い母親と二人の子どもの光景が、目に焼き付く。こんな風に少年や少女の時代が過ぎていく。

東京では失われた景色である。

宿に戻り、夕食をいただいて、風呂に直行した。風呂はふたつしかない。ひとつは四人ほどは入れる四角い「ゆったりの湯」で、もうひとつは二人入ればいっぱいの「こぢんまりの湯」である。時間制で、男湯女湯が入れ替わるしくみ。

この宿には、露天風呂はないけれど、千三百年前から湧出し続けている本物の硫黄泉、かけ流し温泉がある。当今の観光旅館としては、質素過ぎて物足りないと思われるかもしれないが、ひとり旅のこちらとしては、その素っ気なさがありがたいのである。宿のホームページを覗いてみると、「当館がお客様にとって第二の田舎のような、何かほっとして安らげる、そんな場所に感じていただけたら幸いです」とあった。お料理にしても、仲居さんや女将さんの応対にしても、みごとなほど自然なやわらかさがある。

ほんとうに、ここを第二の田舎にしてもいいなと思った。

■すすり泣く美術館——上田無言館

先月の鶴岡に続いて、今月は長野に講演にやってきた。

会場は、善光寺からほど近いホテル。長野駅に降り立つのは二十年ぶりのことである。二十年前、この地で冬季五輪が開催された。わたしが経営していた会社で、オリンピックのガイドブックと公式記録集の制作を請け負い、打ち合わせのために何度かこの地を訪れていた。そのとき、善光寺さんにお参りに行ったかもしれないのだが、記憶が確かではない。それにしても、長野駅前の変化には目を見張った。二十年という歳月の変化の凄まじさを感じないわけにはいかない。善光寺までの参道も、当時とは比較にならないほどモダンになっている。

昔はよかったなどと言うつもりはないが、駅前の風景は、まるで別の都市に降り立ったのかと錯覚したほど賑やかになっていた。これではほとんど、東京近郊の、たとえば八王子や溝の口の駅前と変わらない。味気ないと言えばそれまでだが、新幹線の駅前はどこもこんな感じで、地元の人々には歓迎すべき変化なのだろう。それもこれも平和の恩恵である。それでも、長野新幹線が金沢まで延長してからは、長野は通過点としての地位に甘んじなければならなくなったとは、タクシーの運転手から聞いた話である。

講演が終わった日は、参道沿いにある古い旅館に一泊し、翌日わたしは友人の画家伊坂義夫から聞いていた無言館へ向かった。無言館とは、画学生戦没者の作品を展示した美術館。美術評論家で作家の窪島誠一郎氏が、戦没者学生と同じように、出征の経験を持つ画家の野見山暁治氏と日本全国を回って収集した作品および、手紙、写真などが展示されている。講演が終わったあとで、明日は無言館を訪ねてみようと思うと主催者に告げると、是非お出かけください、衝撃を受けると思います、とも言われていた。

わたしは、上田駅から無人のローカル線である別所温泉線に乗り込み、無言館までのシャトルバスの発着駅である塩田町を目指した。ところが、ローカル線から見える長野の風景に見とれているうちに、何故か途中の下之郷駅で下車してしまう。駅前には何もない。かつてはここから上田丸子電鉄西丸子線という支線が出ていたらしく、その発着ホームだけが今も残っている。

　下車駅を間違えた自分を責めたい気持ちにもなったが、これもまた風情と、近隣を歩いたのちタクシーを呼んで、直接無言館を目指した。三十分ほどのドライブの後、車は木々の間を抜けるように、坂の上にある美術館に到着した。

　数人の年配客が、庭にある戦没画学生の名前を彫り込んだオブジェをのぞき込んでいた。その奥に、戦没画学生慰霊美術館、無言館と刻《ほ》られた、打ちっぱなしのコンクリートのファサードがあった。一瞬、入り口がどこなのかわからず、わたしは館を一周して、再び正面に立ち、木製のドアを開けた。

　薄暗い館内の壁に、いくつもの絵が展示され、中央にはガラスケースの中に写真や、肉親に宛てた手紙やはがきが展示されていた。

　説明用のパネルには、おそらくは館長の窪島氏による印象的な文章が添えられていた。

「あと五分、あと十分、この絵を描きつゞけていたい。外では出征兵士を送る日の丸の小旗がふられていた。生きて帰ってきたら必ずこの絵の続きを描くから……安典はモデルをつとめてくれた恋人にそういゝのこして戦地に発った。しかし、安典は帰ってこれなかった。」

ルソン島バギオで戦死した、日高安典さんの絵に添えられた文章が心に染みる。

この無言館には、百人以上の画学生のみごとな作品が展示されている。そのどれもが、見る者の心に直接訴えかけてくる。帰ってきたら続きを描こうと思いつつ戦地に散った人々の作品である。遺族が大切に保存していた形見が、窪島氏らの努力によって、美術館に所蔵され、毎日心ある人々の目に触れられるようになった。

わたしは、しばらくの間、絵に没頭していた。若き画家たちの気持ちが伝わってきて自然に目頭が熱くなる。気が付くとあちらこちらから、すすり泣きが聞こえてくる。誰かが「すすり泣きの聞こえてくる美術館」と評していたが、それは誇張ではない。

入館料は出口で支払うようになっているのだが、わたしは誰かと話がしたくなって、途中で出口の受付に行った。

「いやあ、衝撃を受けました。素晴らしい作品ばかりです」と受付の女性に告げて入館料を支払い、何枚かの絵ハガキと窪島氏の画文集を購入した。支払いのとき、「ここに、天皇陛下はお見えになったのでしょうか。天皇は、是非ここに来るべきです。いや、天皇にこそ、見てもらいたい」、そんな言葉がのど元にこみあげてきたのだが、そのときはそのまま飲み込んだ。

いや、いいではないか。この信州の山の中を訪ねてきたひとたちの口伝えで、多くの人々がこの地を訪ね、絵を見てくれること。それが戦没者画学生の栄光であり、遺族への慰撫になる。

来年もまた来よう。いや、この美術館の四季を味わうために、何度でも来たいものだと思いながら、わたしは木漏れ日の降る路を降りていった。

■夜の路を歩く詩人の足取り——前橋

前橋駅に降り立ったのは初めてである。二十年ほど前に、車で駅前のロータリーに入ったことはあったが、何のために、前橋駅前に行ったのかの記憶がない。駅のトイレに立ち寄ったのか、あるいは、コーヒーを飲むために喫茶店を探していたのかもしれない。ただ、この場所にだいぶ前に立ったことだけは覚えている。いや、もうひとつだけ覚えていることがある。そのとき、ある詩人の名前が頭の中に浮かんだことだ。その詩人とはこの地に生まれ、この地で数々の作品を作った萩原朔太郎である。

今回のわたしの旅にははっきりとした目的があった。前橋文学館で、館長の萩原朔美さんと、最年少中原中也賞受賞者の文月悠光さんと鼎談することになっていた。

朔美さんの名前は以前より知っていた。寺山修司が主宰する天井桟敷で役者をやり、実験的な8ミリ映画を作っていた。何よりも、朔太郎のお孫さんであることに、ちょっとした嫉妬と憧れを感じていた人である。

二十年後にこのような機縁が待っていたのかと思いながら、わたしは、東京駅で上越新幹線「とき」に乗り込んだ。

東京から行くには、前橋は不便なところである。まず、新幹線で高崎に出て、そこから両毛線に乗り換えなくてはならない。両毛線は列車の本数が多くない。接続を間違えると、長い時間を駅で過ごさなくてはならない。幸い接続はスムーズで、ガタゴトと列車に揺られて十五分ほどで前橋駅に着いた。

ふと、「何で両毛線？」という疑問が浮かんだ。たとえば、水戸と郡山を結ぶ線は、水郡線。わたしのエリアを走っているのは池上線。ほどんどの場合、終点駅か、重要な駅の名前が付されている。しかし、わたしが揺られてきた路線は、小山と高崎を結んでいるのである。それに「両」の付く地名も「毛」の付く地名も思い浮かばない。

調べてその理由がわかった。両毛とは、栃木県の足利市や佐野市、群馬県の桐生市、太田市、館林市を中心とした一帯を言う。この名称は、上毛野と下毛野の両方に跨がる地域というところから付けられた。なるほど、知らないことばかりだが、ものの名称には必ず理由がある。

わたしが鼎談に呼ばれた理由は、拙著『言葉が鍛えられる場所』(大和書房)にあった。前橋文学館と、アーツ前橋という美術館の共同開催で、「ヒックリコガックリコ――言葉の生まれる場所」という展示会が開かれることになり、同じようなタイトルの本を書いているわたしに声がかかったということである。

ここでまた、わたしは頭をかしげた。「ヒックリコ」とは何のことなのか。

この疑問は、前橋文学館に到着して、館内を見学していて氷解した。萩原朔太郎の未発表の詩、「憔悴せるひとのあるく路　夕やけの路」の一部が、壁面に書かれており、その中に出てくる夜の路を歩く詩人の足取りを、朔太郎は「ヒックリコガックリコ」というオノマトペで表現したのである。「前橋市民に捧ぐる詩」という副題を持つこの詩の全文を読みたい気持ちでいっぱいだったが、ネットで調べても出てこない。ひょっとしたら、文学館には、全文が掲載されていたかもしれないのだが、鼎談の準備に追われてじっくりと探偵する余裕がなかった。

「ヒックリコガックリコ」とは不思議なオノマトペである。朔太郎は、悄然と夜道を歩きながら、頭の中でこの音を聴いていたのだろうか。「詩人とは、見えないものを見ることができるものであり、同時に、見えないものをひとに見させることができる才能の持ち主だ」と書いたことがある。オノマトペとは、聞こえないものを聞こえるようにする魔術かもしれない。

今日の鼎談は、「見えるものと見えないもの」を巡る話になるだろうとわたしは思っていた。もう一人の相手である文月悠光さんが、ツイッターでわたしの先の文章を引用されていたからである。

実際に鼎談が始まると、なんだか昔の仲間と喫茶店で雑談でもしているかのような、リラックスした展開となり、わたしはかつて自分が詩を書いていたころを思い出して懐かしい気持ちになった。目の前には、写真で何度も見た陰鬱な表情の朔太郎とそっくりな萩原朔美さんが笑っている。朔美さんってこんなに、いい加減で、とっつき易いお人柄だったのか。そして、少女漫画のようなキラキラした才能のオーラに包まれた文月悠光さんも、還暦を遥かに超えたじじいふたりと、楽し気にお付き合いをしてくれている。詩というものはこんな風に、ひととひとを結び付ける力を持っている。

かつて、谷川俊太郎さんとラジオ対談したとき、「ネロという詩、凄いですね。ぼくなんか、十八歳のときに書いた文章なんて、恥ずかしくて読めない」と言ったら、俊太郎さんは「僕も同じですよ。散文は読めないんです。でも、詩なら読める。不思議ですね」と答えてくれた。

この短い対話の中に、詩という表現形態の力が宿っているのかもしれない。

人間は齢を経るにしたがって老獪という成熟を手に入れることができるが、感覚だけはほとんど変化しないし、進歩もしないという実感がわたしにはある。

人は誰も、自らの感覚に向き合ったとき詩人になるのだろう。

■ナイアガラーの縁の引力——岡山

『うしろめたさの人類学』（ミシマ社）の著者、松村圭一郎さんと対談し、その流れで、彼が教えている岡山大学の文化祭での講演を頼まれた。わたしが出版した『21世紀の楕円幻想論』（ミシマ社）と、松村さんのご著書には、響き合う共通のテーマがあり、本の中で使っている言葉も同じものがあった。「贈与」「うしろめたさ」「市場」「縁」などである。背景に文化人類学の知見があるので、当然と言えば当然なのだけれども、本が発散している空気感も随分似たものであるように思えた。

お互いに面識もなく、お互いの著作も読んだこともなかったので、この一致には何か不思議な機縁を感じた。さらには、出版社の計らいもあって、青山にある書店で対談をする運びとなった。対談が始まってすぐにお互いに息が合うことがわかった。マルセル＝モースや、デヴィッド・グレーバーなど、参照してきた文献が同じものであること以上に、ものの感じ方や考え方に同質性を感じたのである。二十五も歳の離れた若者とこれほど息が合うのは、かなり稀有なことかもしれない。彼も、それを感じてくれたのだろう。それが、今回の岡山行きに繫がった。

岡山は、これまで二度訪れたことがあった。一度目は備前で陶工をしている川端文男さんの窯場を訪ね、対談の収録をした。二度目は川本三郎さんの著作に感じるところがあって、古い港町である牛窓に投宿した。

今回の岡山行きが決まると、当地で荷風の足跡を辿ったり、小津安二郎の『早春』の舞台になった三石でのロケ地探訪などをブログで紹介していた内藤省二さんから、メールが届いた。

内藤さんと知り合うきっかけは大瀧詠一さんで、熱心なナイアガラー（大瀧詠一の崇拝者をこう呼ぶ）であった内藤さんが、わたしの友人でやはりナイアガラーの石川茂樹くんのやっているライブカフェにアクセスしてきたことだった。わたしは、ライブカフェ店主の石川くん、思想家の内田樹くんらと、大瀧さんを囲む座談の収録をこのカフェで何度か行っていた。

内藤さんのメールには、岡山案内を買って出ること、石川くんもこの岡山行きに同行することなどが記されていた。大瀧詠一さんから始まったひとつの縁が次から次へと繋がっていく様に、縁というものの引力を感じないわけにはいかなかった。

そんなわけで、わたしと石川くんは岡山に降り立ち、内藤さんと三人で、この町の見どころを散策することになった。見どころといっても、小津安二郎、大瀧詠一、川本三郎、谷崎潤一郎、木山捷平、内田百閒らの足跡を追っている内藤さんの案内なので、観光地のような場所は、はなから外されている。こうして名前を並べただけで、わたしには彼がどんなバイアスの持ち主かはわかる。わたしも同じだからである。

最初に訪ねたのは市内にある禁酒会館の中のラヴィアンカフェという喫茶店だった。禁酒会館という名前だけでも惹かれるものがある。クリスチャンの会合場所に大正時代に作られた洋館で、戦時の空襲で焼け残った数少ない建物なのだそうだ。店内には中庭から日が差し込み、品のいい老婆が編み物をしている。それをぼんやりと眺めながらコーヒーを飲んでいると、大正時代にタイムスリップしたような気分になる。老婆に話しかけると、ここの店長の母上だとのこと。こうして日がな編み物をして、その「作品」を店内で展示販売もしている。蝶ネクタイに黒いチョッキの店長が淹れてくれる美味しいコーヒーをいただき、店を出たところで目の前を市電が横切った。

その市電に乗って、京橋で下車する。その橋の下を流れる川の中州はかつて遊郭が並んでいた場所である。時代の流れは、かつての遊郭の面影を消し去っている。それでも目を凝らせば、往時のざわめきの幻影が見えてくる気がする。

しばらく旧遊郭の跡を散策したのち、一行は西大寺商店街へと向かう。途中、地元で有名な和菓子屋があって、同行の甘党店主石川くんは名物の大手饅頭を買う。わたしもお裾分けにあずかったが、そのうまいこと。

さて、その日は市内にある三軒長屋を改造した「スロウな本屋」で、松村さんとの対談があった。飛び入りで参加したのが、『田舎のパン屋が見つけた「腐る経済」』（講談社）の著者であり、鳥取県智頭町《ちづちょう》でタルマーリーというパン工房を経営している渡邉格さん。この鼎談は実に楽しいものになり、小さな書店にすし詰めのお客さんにも喜んでもらえた様子だった。

翌日は晴れ上がり、岡山大学のキャンパスの上に広がる真っ青な空に美しい雲が浮かんでいた。なんだか、これまでに見たことのないような雲の美しさに、石川くんも驚いたようで、何度もカメラで撮影していた。

講演を終えて、内藤さんが案内してくれたのは牛窓である。

どうやら、わたしはこの牛窓に縁があるらしい。この地に奥さんの実家のある映画監督想田和弘さんの作品『牡蠣工場』のパンフレットに一文を寄せ、次の『港町』でもコメントを寄せた。映画の中でも、牛窓を何度も見ており、もう何度も訪れているような心持ちになっている。しかも、宿泊は「川源」という老舗料亭である。ここは川本三郎さんが最初に当地を訪れた時に投宿したところ。旅館としては休業中のようであったが、どうやら内藤さんが強引に頼み込んで、宿泊の手配をしてくれたようである。だから泊り客は、わたしと石川くんの二人だけ。無音の牛窓の汀で、熟睡。

起きると、石川くんはすでに着替えていた。「早いね」と言うと、「お前さんのいびきで眠れなかった」との答えが返ってきた。

■『早春』の舞台を歩く——三石

岡山県牛窓のうっとりするような凪海を堪能した後、わたしたちは、小津安二郎の『早春』の舞台にもなった煉瓦の産地三石へ向かった。

『早春』では、東京の丸の内で働いている池部良（映画の中では杉山正二）が、転勤を命ぜられて三石へ赴任することになる。焼き物で有名な備前からほど近い場所だが、三石には細々と営業を続けている耐火煉瓦工場以外、特徴的なものはほとんど何もない。

岡山県は、桃などのフルーツの産地だが、その他の産業と言えば、漁業と焼物ぐらいしか思いつかない。案内役の内藤さんからいただいた『岡山の経済散歩』（吉永義光著）によれば、岡山は農機具の生産県としてその名を知られていたそうで、同書には「農機具王国岡山」なんていう言葉が出てくる。昭和初期には、繊維工業が圧倒的な生産高を持っていたが、次第に、機械、金属、化学製品、食品、ゴム製品が産業の主流になっていったという。しかしこれも戦前の話で、戦後は、二千近くあった工場は、戦時中の合同、転業、廃業と爆撃による焼失などで激減した。その後の経緯については、朝鮮動乱以降、高度経済成長の中で日本が辿った道筋が、そのまま岡山の歴史と重なる。重化学工業の拠点、水島コンビナートの建設は、まさに高度経済成長の象徴的出来事であった。耐火煉瓦工場で栄えた三石もまた、戦後復興の一役を担っていたということなのだろう。

それでも、池部良が赴任したときの三石は、左遷という言葉が相応しいような、末枯れた地方都市であった。映画では、夫の後を追って妻の淡島千景が、赴任先の下宿へやってくる。夫婦の間には東京での夫の浮気以来、冷たい空気が流れている。部屋の窓からは、耐火煉瓦工場の煙突が見える。煙突の背後には低い山並みが見える。煙突の手前を列車が通過する。その列車を見ながら、二人はこの場所が、かつて住んでいた都会から遠く離れていることを実感する。その距離が、逆に二人の距離を縮める。二人は、この地で過去を洗い流して、もう一度生活をやり直していこうと思う。

内藤さんは、数年前に、この映画のロケ地を探訪し、池部良が歩いた道や画面に映り込んだ風景がどこで撮影されたのかを仔細に探索し、突き止めていった。まるで、隣町探偵団がやった、小津の戦前の映画『大人の見る繪本　生れてはみたけれど』を題材にしたロケ地探索と、同じことをしていたわけである。我らが師である大瀧詠一さんは、小津の『長屋紳士録』や、成瀬巳喜男の『秋立ちぬ』、『銀座化粧』を題材にして、主人公たちの足跡を驚くほど精緻に再現して見せてくれていた。そのレポートを閲覧できた人間は限られているのだが、わたしもそれを閲覧する恩恵に浴することができた。わたしも内藤さんも、大瀧詠一さんが、音楽以外のところで人知れず研究されていたテーマの足跡を、辿り直しているようなものである。

そんな訳で、わたしたちが三石で歩いたのは、『早春』のロケ現場の今である。内藤さんのスマホに保存されている映画の場面や関連写真を見ながら、池部良が歩いた道や、小津安二郎がロケハンした現場と見比べる。なるほど内藤さんらしい捻りの効いた観光案内であった。

三石駅は、耐火煉瓦工場のすぐ近くにある。石段を登ると小さな無人の駅舎があった。ここで、今回の旅の三人はそれぞれ、別方向へ向かうことになる。わたしはここまで同行してくれた石川くんとは行き先が違うので、ホームを挟んで別方向の電車に乗り込んだ。観光案内を買ってくれた内藤さんは、駅のホームで二人を見送ってくれた。

わたしが向かったのは姫路だった。前日、せっかくここまで来たのだから、温泉にでも浸かって帰ろうと予約を取っていた。二名以上なら、姫路駅まで送迎が来てくれるという。宿泊先である塩田温泉の上山旅館に電話してみた。その日は、丁度二名の帰り客の送りがあるので、姫路駅前でその車に乗ることができるという返事が来た。運が良かった。もっとも、バスに乗っても三十分少々で旅館の近くまで行くことはできる。ただ、三泊分の荷物があったので、マイクロバスで送迎してくれるのはありがたい。乗客はわたし一人だった。

車は繁華街を過ぎて、川沿いに南進する。川の名前は夢前川《ゆめさき》。面白い名前だなと思いながら、川沿いの風景を眺めていると、塩田温泉の看板が見えてきた。細い坂道を登っていくと、風景が一変し、山の中の一軒宿といった風情の上山旅館があらわれた。

旅館のホームページによれば、温泉が発見されたのは奈良時代。江戸時代には原泉を中心に湯治宿を兼ねた民家が四から十軒あり、良質な泉質や効能が口伝えで広まっていった。文献には「丹波、但州、摂津、備前、四国地方より多数の湯治客ありて諸病の全治せしこと（中略）ァー自然の力、偉なる哉」とあるという。これは、いい宿に巡り会えた。

時間で男女を入れ替える大風呂がふたつ、露天風呂は男女別々で旅館裏庭の山に囲まれた場所で、見事な紅葉を眺めながらの入浴を楽しむ。何よりも静寂がご馳走という宿であった。

翌日、内藤さんからメールが来た。木山捷平に『夢前川』という小説があるという。作家は、このすぐ近くにある小学校で一年だけ教員をしていたと教えてくれた。やはり「岡山つながり」は一筋縄ではいかない。

■豪雨の中の掛湯──寂々温泉

会社をたたんで、借金を返したので、毎日決まった時間に会社に通わねばならぬ義理はなくなったのだが、身体からその習慣が抜けず、別段仕事がなくとも決まった時間にオフィスに向かう日々が、今も続いている。オフィスと言っても、経営している喫茶店の二階の、わたしと金庫番の二人だけの仕事場である。しかし、この気儘な生活も毎日続けていれば煮詰まることもある。

その日、わたしはオフィスではなく、東京駅に向かい、東北新幹線に飛び乗った。行き先は仙台の一つ手前の蔵王白石。前日の晩に、急に思いついて宿に連絡したら、予約が取れた。ラッキーだった。一人旅の前日予約というのは、運が良くないと取れない。

新幹線で、できるだけターゲットに接近して、あとはレンタカーというのが最も合理的な旅である。もっとも、合理的な旅なんていうものが、面白いかと言えば、そんなことはなくて、路線バスを乗り継いだり、何十分も山道を歩いたりする方が、楽しいに決まっている。ただ、古希を間近にした老人旅としては、流石に、頻繁な乗り換えや歩きが面倒になってきている。レンタカーが便利なのは、目的地の他に面白そうな場所があれば、予定を変更して気軽に立ち寄れるという利点もある。もともと、予定なんかないのだけれど。

湯川に沿うようにして西へ車を走らせると、すぐに遠刈田《とおがった》温泉、青根温泉の看板が出てくる。どんな温泉なんだろう。心引かれる思いを振り切り、とりあえず宿泊予定の峩々温泉まで急ぐ。というのは、車載ラジオが盛んに台風の接近を告げていたからである。山形方面は特にひどいらしく、通行止になったところもある。

車のフロントガラスにポツリポツリと豪雨の前兆のような雨が落ちてくる。八月の濃い緑の山を超えると、谷間に一軒宿が見えてくる。雨で水量が増した川にかかる橋を渡れば、もう宿の駐車場である。岸壁を割った谷間にひっそりと佇む温泉宿だが、手入れが行き届いていて、現代風なセンスもうかがえる。開湯百五十年で、当主は六代目ということだが、若い夫婦で経営しているのだろう。ここは、山形の姥湯温泉とちょっと似たような立地で、宿の雰囲気にも共通したものがある。事前に調べた情報によれば、一人旅にはもってこいの読書のできるロビーがあり、お湯は最高だが、料理は期待しない方が良いとのことだった。

しかし、山菜を中心に丁寧に作り込まれた夕食は素晴らしかった。情報は、ときにあてにならない。おおぶりの椀で湯気を立てる芋煮汁をいただいたときは、思わず唸ってしまった。こちとら、何も、山の宿でステーキや鯛のお造りを食べたいなんていう助平根性は持ち合わせてはいませんぜ。お膳にそんなご馳走が並べば、それはそれで嬉しいが（なんだ、嬉しいのか）、やはりその土地のものを料理していただくのが一番である。

夕食が終わり、湯に向かうころには、雨はかなり激しくなっており、露天風呂は難しそうだった。激流になってしまった川を臨む内湯に、他に客はおらず、豪雨の音を聴きながら独泉。風呂場の奥にはもう一部屋あって、そこが知る人ぞ知る掛け湯の湯殿である。五十度以上あるので、源泉に入るのは不可能なのだが、矩形の湯船の周囲に、木の枕と竹筒が配置されている。湯船の脇に寝転がって腹に手拭いを掛け、竹筒に湯を汲んで腹の上にチョロチョロと掛ける。この動作をおよそ百回は繰り返す。裸電球ひとつの湯殿に寝転んで同じ動作を繰り返していると、次第に瞼が重くなって、半醒半睡の状態になる。

窓の外は、峨々たる岩山である。豪雨が自然を洗い流しているなかで、わたしは幽玄の世界に遊ぶ心持ちになる。

翌日もまだ雨は降り続いていた。帰りがけに、もう一風呂浴びたかった。車を走らせていると、車載のナビに鎌先温泉と出てきた。対向車とも出会わず、人影もない県道を降りていくと、数件の宿が並ぶ鄙びた温泉街に行き当たった。温泉街とは言っても、土産物屋もなければ、ビリヤードもパチンコも飲み屋もない。まことに質素な温泉街で、そこに登録有形文化財に指定されている見事な木造三階建ての旅館があった。聞けば、「湯主一條」というこの宿は、六百年の歴史を持つ奥羽の薬湯として有名な湯処だという。

わたしは、日帰り湯が可能な別の旅館の湯に浸かり、その露天風呂から「湯主一條」の見事な楼閣を眺めた。湯から上がって、散歩をしたのだが、一人の観光客とも出会わない。人影らしいものは、荷物配達の軽トラックのお兄さんと出会っただけである。

栄華は永遠ならず。ここも、寂れた温泉街になってしまったのか。そう思って、文化財の建屋を見返すと、何やら悄然と、廃墟になるのを待っているようにも見えてくる。そのとき、老舗旅館から、こざっぱりとした仲居さんが手に盆を持って出てきた。

わたしは声をかけ「静かですね。今日は空いているんですか」と尋ねてみた。すると意外な答えが返ってきた。

「本日は満室でございます」

何と平日にもかかわらず、満室の盛況なのだという。宿泊する部屋は裏手にある新館側で、文化財の楼閣は食事処になっているのだそうだ。

町も人も、外観だけではわからないものである。

■富士山を臨む非武装地帯——山梨ほったらかし温泉

わたしが店主をしている喫茶店のある荏原中延と隣駅の旗の台周辺には、徒歩圏内に銭湯が五軒もある。日本有数の銭湯エリアだと言ってよいだろう。最初にこの場所に喫茶店を開いたときには十軒もあったが、ここ四年で、三軒が姿を消した。さみしい限りである。今残っているのは、八幡湯、中延記念湯、新生湯、金春湯、錦湯、松の湯、富士見湯。

一番近いのが富士見湯で、古代檜風呂と、湯治で名高い玉川温泉から採集した北投石の湯があり、仕事中でも、手ぬぐいを手にひと風呂浴びに出かける。

書斎兼寝ぐらのある、池上線御嶽山駅周辺にも四軒の風呂屋があって、こちらは週替りで出かける。まことに、東急池上線沿線は、銭湯好きにとっては他の場所をもって代えがたいところで、女房と娘が暮らす港区芝に寄りつけない。

銭湯も好きだが、銭湯のある町の佇まいが好きなのである。港区の住人にはなれないのだ。

富士見湯には週に一回は通っているが、何故富士見湯なのか、その名前の由来がわからない。玉川温泉の北投石を設えているのだから、玉川湯で良さそうなものだが。東京にはそこいら中に、富士見坂という坂があって、富士山が見える高台には、富士見台という地名が付けられる。日本人には、富士山の見える場所に暮らしたいという願望があるようで、富士見湯という名前だけでも人を呼べると思ったのかもしれない。

東急池上線の御嶽山駅前に借りているアパートからも富士山が見える。晴れた日には、玄関を出て、すぐ脇を走る東海道線の行き先に富士山の神々しい姿が拝めるのである。軌道を遮るフェンスをまたいで、東海道線の屋根に飛び乗れば、そのまま富士山に辿り着きそうないきおいで、列車が通過するときは、いつも『エデンの東』の印象的なシーンを思い出す。列車の屋根に飛び乗って別の街に暮らす母親に会いに行くジェームス・ディーンは、セーターで身体をくるんで震えていた。

さて、銭湯好きで、富士山好きなら、富士山を見ながら露天風呂に浸かりたいと思うのは当然だろう。それなら絶好の日帰り温泉がある。山梨の「ほったらかし温泉」である。以前から一度は訪ねてみたいと思いながら、なかなか思いを果たせずにいた。

二月の最初の日曜日は、真っ青な晴天だった。わたしは、新宿発かいじ103号に乗り込んだ。目的地は、「ほったらかし温泉」のある山梨市駅である。思っていたより早く到着したので、駅前を散策したが見るべきものは何もなく、タクシーを拾って現地へ向かった。

ゆるゆるとタクシーが坂道を登っていると、宇宙船のようなドームがあちらこちらに出没する。タクシーの運ちゃんに聞くと、フルーツ公園の温室だということで、そういえば家族連れが楽しそうに歩いているのが見て取れた。「ほったらかしも、最近はあまり人が来なくなったねえ」と運ちゃん。「もっと、うまい具合に宣伝すればいいんだけど」。いや、あまり人が来ないのがいいんですよと言いたかったが、これは観光客の勝手な言い分なので、ぐっと堪えた。まもなく温泉へ到着し、とりあえず、「あっちの湯」へ。もう一方の「こっちの湯」も良さそうだったが、入り口で聞くと眺めは「あっちの湯」の方が良いとのこと。早速、料金八百円を払って、脱衣所へ向かった。

素っ裸になって、湯船のある屋外へ出て驚いた。確かに、これは絶景である。正面にはうっすらと雪化粧をした大菩薩嶺。右手には、神々しい富士山が、天使の頭上の輪のような雲をいただいている。眼下には甲府の町が薄もやの中に広がっている。

これぞまさに、富士見湯である。

やわらかい湯に浸かり、晴朗な空気と絶景を味わっていると浮世の苦労を忘れる。いや、特段浮世の苦労をしているわけではないが、もやもやとした気分が吹き飛ぶのである。

最近はどこの温泉地に行っても、中国人観光客が溢れているが、このほったらかしでは、ほとんど出会わなかった。交通の便があまり良くないのと、宿泊施設がないので、彼らにはややハードルが高いのかもしれない。

内田樹や小田嶋隆と年に数回訪問している箱根湯本の温泉は、中国人観光客で溢れている。二十人は入れる露天風呂に入ったら、周囲は全て中国からの観光客だったということもあった。大きな声で喋り、行儀が悪い、と彼らの存在を難じる声も聞くが、わたしはその度に、「旅館は中国さまさまですね。ありがたいことです」と応えることにしている。行儀が悪いのは、彼らが中国人だからではない。一度と言わず、町なかの銭湯で若者が体を拭かずに脱衣所を闊歩したり、ベンチに寝転んでいる光景に遭遇した。田村隆一は、銭湯は人生を学ぶ場所だと説いた。その、手本を示せばいいのである。

もちろん、わたしだって、一人静かに温泉を堪能したいと思う。しかし、それは客の勝手なわがままである。ここをどこだと思っている。そう、ここは浮世の疲れを癒す、共同の入会地《いりあい》なのだ。赤の他人が素っ裸で同じ空間で過ごす、非武装中立の、和解の場でなくてはならない。全身に入れ墨を施したアウトローでさえも、湯に浸かれば老若男女の一人になる。

そんな場所が、世知辛い現代にひとつぐらいあってもいい。

■死ぬのにもってこいの日——城ケ崎海岸

ここ数年で、経営していた会社をひとつたたみ、もうひとつ社長をしていた会社も引退した。何事にも潮時というものがある。還暦を過ぎて、あっという間に古希の道標が見えてきた。

芭蕉が『奥の細道』の旅に出た年齢が四十五歳。蕉門十哲のひとりである許六が描いた『奥の細道行脚之図』の芭蕉翁は、すでによぼよぼの爺さんである。

わが国の平均寿命が五十歳を超えたのは昭和二十二年なので、芭蕉の時代の平均寿命はおそらく四十歳ぐらいだろう。『奥の細道』の有名な冒頭をあらためて読めば、芭蕉がこれを死出の旅と覚悟していた様子がうかがえる。「月日は百代の過客にして、行きかふ年も又旅人也。舟の上に生涯をうかべ、馬の口とらえて老いをむかふる者は、日々旅にして旅を栖とす。古人も多く旅に死せるあり」。決意の旅人はこう書いて世を捨てた。

昔日の俳人は偉かった。翁の年齢を遥かに跨ぎ越しているにもかかわらず、こちらはいつまでも浮世にしがみつき、世も捨てきれず、覚悟も定まらずである。「とほほ」であるが、平均寿命が驚異的に伸びちゃったんだから、しょうがないじゃないかと自分を弁護する。その態度がすでに、昔日の偉人と比べようもない凡庸を露呈している。

土曜日、珍しく早起きしてボーっとして窓の外を眺めていたら、わたしのような暗愚の凡人にも「片雲の風にさそはれて」なんだか「漂泊の思ひ」がこみあげてきた。

芭蕉翁ならももひきの破れを繕い、三里に灸をすえるところだろうが、現代社会に生きているわたしは、スマホを取り出して、どこか泊めてくれる宿はないのかと、あたふた方々に連絡をする。しかし、週末の当日では、どこも満室で予約がとれない。あちらこちら、さんざん電話してなんとか宿がとれたので、リュックに文庫本二冊を放り込んで、品川駅に向かった。

行き先は城ケ崎海岸である。

東海道線か新幹線で熱海へ出て、伊東線に乗り換える。伊東から先は伊豆急になるが、乗り入れているので乗換はない。スーパー踊り子号なら一本で伊豆高原まで行くという手がある。わたしは、新幹線「こだま」に乗り込んで、熱海駅で下車し駅近くの蕎麦屋に飛び込んだ。

メニューを見て最初に目に入ったカツ丼で腹ごしらえを済ませて、伊東線に乗り換え、現地へは午後三時過ぎに到着した。城ケ崎海岸駅で降りる客は数名しかいなかった。ほとんどの客は次の駅である伊豆高原駅へ向かう。伊豆高原はバブルの時代が始まったころ、若者向けの新しいリゾートとしてずいぶん評判になった。わたしは、ＪＴＢの「るるぶ」という雑誌の別冊編集を請け負っていたことがあり、熱海や天城峠という旧来の観光地ではなく、軽井沢よりはお手軽な若者向けのリゾートが流行り始めていることを知った。取材で一度訪ねたことがあったが、わたしにとっては「およびでない」場所であった。

この伊東線沿線には、足湯がある駅が多いらしく、この山間の古びた駅舎の隅にも足湯があり、数名の若者たちがくつろいでいた。伊豆高原が人気の観光地として台頭するのと軌を一にして、城ケ崎海岸も別荘地として造成されたのかもしれない。駅から宿まで歩いているといくつもの、別荘風の住宅が並んでいた。いうまでもなく、別荘地もわたしには「およびでない」。

わたしは、この旅はちょっと間違えてしまったかなと、少しばかり落ち込んでいた。

別荘地の長い坂道を登りきったところに郵便保険が運営している宿があった。ほとんど期待していなかったが、一人旅にはもったいないほどの広い部屋に通された。夜の露天風呂にも他の客はなく、一人でのんびりと夜空を眺めることができた。もっとも、この日は曇りで、星も月も厚い雲の向こう側に隠れたまま。

翌日は嘘のような晴天。宿の窓からは、伊豆の海が広がり、正面に大島、右手には伊豆半島の先端である爪木崎が望める。

山の上にあるホテルから門脇灯台まで歩く。四千年前に噴火した大室山の溶岩が作ったという海岸線は、「火曜サスペンス」で犯人が追い詰められるのには絶好の場所。その昔、海草を背負って、絶壁に腰掛けて海を見ていた漁師が、背中の海藻に引き込まれてそのまま転落したという「半四郎落とし」の民話も残る。

ごつごつした岩と絶壁が作る景観を写真で撮って、高所恐怖症の女友達へメールで送信すると、「あら、自殺。早まっちゃだめよー」というメールが返ってきた。

プエブロ族の古老が伝えたという詩に「今日は死ぬのにもってこいの日だ」というのがある。金関寿夫の名訳は、多くの詩のアンソロジーにも収められている。この日のように晴れた休日、灯台の下の断崖から白い波濤の先へダイビングするのは悪くないのかもしれない。いやいや、この古老が言ったのは、「あらゆる悪い考えが自分から去っていく最高の日」ならば、何も思い残すことはないだろうということだろう。

今回の旅のように、何もかもが中途半端な観光地で、浮世への未練を残しながら絶命するなんて、プエブロ族の古老にも、芭蕉翁にも申し訳が立たない。

「旅に病んで夢は枯野をかけ廻《めぐ》る」と芭蕉が詠んだのは、『奥の細道』の旅を終えた後、大坂御堂筋を訪れたときであった。芭蕉ほどの達人にとっては、いつだって「死ぬのにもってこいの日」であった。

あとがきにかえて　負け犬の遠吠えが響く町を歩くということ

†ちょっと痛い話から

この四年間で、三回もがんを宣告されてしまった。最初が前立腺のがん。このときは、がんの最先端医療である重粒子治療と、ホルモン療法のミックスで治療。大変高額な治療だが、幸いがん保険に入っていたので、自分からの持ち出しはなく、なおかつがんも退治できたようである。

三年後、体調は絶好調で登山とウォーキングに精を出していたら、ある晩いきなり血尿が出てしまった。ほとんど、トマトジュースである。驚かないわけがない。翌朝病院へ駆け込むと、いきなり膀胱内視鏡を突っ込まれ、生きた心地がしなかった。

胃カメラは、呑み込みのプロじゃないかというほど何度も試みて慣れたものだが、膀胱内視鏡にはやはり怖気づく。オチンチンの先からカメラを入れて、膀胱の中を見るのである。その映像はわたしも見ることができる。膀胱の中を初めて見たわけだが、まるでサーカスのテントか紙風船を内側から眺めているような風情で、これがなかなか美しく、わたしはしばし見とれてしまった。一か所だけ、痣のようになっているところがあり、顔つきが、がんのようだというので、即入院手術とあいなった。

入院は二泊三日ぐらいというので、簡単に考えていたら、これがなかなか大変だった。膀胱カテーテル手術である。カテーテルをどこから通すのか。そりゃもう、一か所しかない。全身麻酔だったので、どのように進行したのかの覚えはないが、尿道はカテーテルにこすられて大変なことになっていたようで、術後の痛みは尋常ではなかった。

もっと往生したのは、その後であった。手術したところは、当然ながら出血する。それを尿と一緒に排出するわけだが、何日もの間、血が出続けた。さらに困惑したのは、体内で血液の凝固が始まり、尿道から芋虫がはいずり出るように、ゼリー状の血の塊が出続けたのであった。

なんだか、尾籠《びろう》かつ痛い話が続いていますが、がまんしてお読みください。検査を兼ねた手術だったが、退院後しばらくしてがん判定の外来に行くと、「おめでとうございます。シロでした」ということ。ええーっ。ではあの苦痛は何だったのか。

で、今回は三度目。まさに二度あることは三度である。ただし、今回は泌尿器ではなく、肺であった。前回の膀胱がんの疑いがあったときの手術があまりに痛かったので、肺がんという言葉を聞いたとき、とっさに、手術するなら別の病院でしようと決めた。友人のガンサバイバーからの後押しもあって、わたしは有明にある、肺がん手術では最高峰だという評判の病院へ行くことになった。

外来で何回か通ったのち、手術日が決まった。全身麻酔でのカテーテル手術。右肺の中葉を切除するのである。それがどのくらい危険なのか、わたしにはよくわからなかった。わたしは女房にピースサインを送って手術台の上に上がった。

それから後のことは、全く覚えていない。日ごろはなかなか寝つけないたちなのだが、流石に全身麻酔はよく効いてくれる。気が付かないまま手術は終わり、わたしはベッドの上に固定された状態になった。まだ身体の随所に麻酔が残っているような感じだった。現実と虚構、過去と未来、此処と他処が混然と溶け合うような感覚に何度か陥った。

†人は病気では死なない

生還というほど苦難の日々を送ったわけではないのだが、わたしはがんのベッドから姿婆へと戻ってきた。本書にも何度か登場する友人の駒場徹郎は、手術中ずっと病院の外で待ってくれていた。

翌日見舞いに来て開口一番、「ヒラカワ、人は病気じゃ死なないんだよ。寿命で死ぬだけだ」と訳のわからないことをいう。しかし、この言葉には何かしら、ほっとするものがあった。

医学的なことはよくわからないのだが、病気というのは、人間の器官が細菌やらウイルスやらによって攻撃されることで起きる、器官の失調なのだろう。人間の身体には、それらと戦う白血球や免疫機能が備わっており、わたしたちの知らないところで凄絶な戦いが繰り広げられているイメージがある。わたしたちは、病気と戦うために生きているわけではないが、不幸にして長い闘病生活を余儀なくされている人もいる。人間の身体防御機構が、細菌やウイルスに敗れてしまえば、わたしたちの身体機能は不可逆的な停止へと陥る。そのとき、細菌やウイルスも死ぬ。この闘争には調停役がいない。「ここはひとつ、両者譲れるところは譲ってお互いがあまり悲惨なことにならないように休戦したら良いんじゃないか」と言ってくれる奇特な第三者がいてくれたら、どんなにいいだろう。かといって、「病気と戦ってはいけない」とか、スピリチュアルみたいなことをお勧めしているわけではない。そういうものは、奇特な第三者というよりは、黒服の紳士の類ではないかとわたしは疑っている。

寿命という言葉から、わたしはあらゆる修羅場をくぐり抜けてきた古老の言葉のような響きを聞き取った。その響きには、病と戦うという好戦的なステージを、病と和解するという平和的なステージへと、変容させる力があったのだ。

†和解の言葉を探して

「老い」という言葉は、それをもし「若さ」というものに対する対立概念としてとらえれば、ひとは誰も「老い」と戦い、「老い」に打ち勝っていつまでも「若さ」を保っていたいと思うのも自然かもしれない。ここには、ウイルスや細菌と身体防衛軍が相争うのと同じような、闘争的な響きが伴っている。ならば、老人とは、戦いに敗れたものの謂か。

だいぶ以前になるが、起業家たちとのシンポジウムで、若き起業家が、「三十歳を過ぎたおやじは全然使い物にならない」ということを言ったので、思わず天を仰いだことがあった。彼は自分がすぐにおやじになることを予期していないのだろうか。ミレニアムのころで、そのころから新自由主義とか、グローバリズムという言葉が跋扈し始めた。その起業家も今はとうに三十歳を超えているが、過去の自分の発言には口を拭っている。

消費資本主義全盛の現代社会には、「老い」が生産性の鈍化であり社会コストの元凶であって、経済成長の足かせになっているような価値観が流通している。競争優位だとか、自己責任だとか、生産性だとか、選択と集中だとかいう言葉のよってきたるところは、競争原理信仰であり、競争に敗れることに対する恐怖だろう。

わたしは、こういった経済ダーウィニズム的な考え方に与《くみ》しない。そんな風に肩肘張って生きていても面白くなかろうと思う。第一、品がない。

「老い」は、若さを争う競争に敗れた結果などではなく、人間の寿命というものを完成させるための最後の段階であり、生と死を和解させるべく、生物に備わった力なのではないかとさえ思う。そのことを理解するには、金銭至上主義的な思考から離れなければならない。やせ我慢でも、「大事なのはお金じゃない」と言わないといけない。そうでなければ、「老い」の価値を見出すこともできないだろう。

本書でわたしが書き綴ってきたことは、ほとんどこの「老い」や「和解」の価値を発見してゆくことをめぐる論考である。

本書の中で触れた、ひたすら陋巷を歩き、安宿に安息を求めている作家は、「老い」を前借りした達人のように見えるし、人生の敗残者のようにも見える。映画や小説に描かれた、言葉少ない、内向的な主人公は、負け犬のように見えるかもしれないが、世界の饒舌さに対するひそやかな、反抗と和解の意志を内面に秘めているようにも思える。

彼らは多くを要求せず、自らを主張せず、ただ世間の一隅に確かな軌跡を残すことで充足しようとしている。そのひそやかで控えめな声は、耳を澄まさなければ聞こえないほどだが、わたしたちが聞くことができる最も美しい旋律を響かせているように思える。カズオ・イシグロなら、それをdignityと表現するかもしれない。dignityは寡黙の中に宿る。

山里の人気ない町に建つ古民家を見ていると、それが今ここにある世界と、すでにここに存在しない過去、そして未だここに存在し得ない未来を繋ぎ止める門のようでもある。

過去と未来を架橋するのは、経済原理の外側に自らの足場を築いているものたちである。現在隆盛の価値観からすれば、敗れ去りしものたちである。しかし、彼らがもし存在しなければ、現在と過去、現在と未来を結びつけ、和解させる靭帯もまた失われてしまうだろう。わたしは、敗れ去りしものたちの唄声を聴きたいと思う。

しかし、その声はあまりに小さく、忙しい現代の街角では騒音に紛れてしまうだろう。だから、わたしは、せめて負け犬の遠吠えが響く路地裏を、今日も散歩し続けていたい。

初出一覧

＊すべて加筆修正し、改題したものも多数あります。

第1章

経済成長していく時代のシンボル

「浜崎伝助は、日本の正しいサラリーマンである」『釣りバカ日誌　特別入門編～浜ちゃんは何故ヒーローなのか？～』（ビックコミックスペシャル）小学館、二〇一五年、所収

家族が崩壊した時代の新しい共同体／言葉がインフレ化した時代（冒頭および「活字離れ、そして知性を軽んじる政治家」）／やけっぱちの祭典（「博打で儲かるのは胴元だけ」）

「路地裏の資本主義」北海道新聞二〇一七年六月一七日／二〇一八年八月四日／同十二月十四日掲載

やけっぱちの祭典（「カジノより温泉、脚下照顧」）

「路の記憶」「望星」二〇一八年九月号、東海教育研究所、所収

ポスト・トゥルースの時代

「嘘と真実あるいは、絵画の次元について」『ヒックリコガックリコ――ことばの生まれる場所』アーツ前橋、萩原朔太郎記念・水と緑と詩のまち 前橋文学館監修、左右社、二〇一七年、所収

第2章

明日から世界が違って見える／生き延びるためのコミュニティ／文明という悪魔／義によって助太刀いたす／誰もが目撃者になる

「review 40人のここが気になる」「ケトル」vol. 36 / 37 / 41 / 44 / 45（二〇一七年四月～二〇一八年十月）、太田出版、所収

内向的であること／瞬間のコミュニズム／根こそぎにされた人々の連帯／過去を生きなおすという経験

「路の記憶」「望星」二〇一七年三月号／二〇一七年十二月号／二〇一八年一月号／二〇一八年二月号、東海教育研究所、所収

寡黙なものたちは饒舌なものたちに利用され、捨てられる

「路地裏の資本主義」北海道新聞二〇一八年三月二十四日掲載

第3章

鳥と熊と山姥と／壊したら二度と作ることができないもの／限界集落と名湯／絶滅危惧動物園／おさむらいが似合う町／東京では失われた景色／すすり泣く美術館／夜の路を歩く詩人の足取り／ナイアガラーの縁の引力／『早春』の舞台を歩く／豪雨の中の掛湯／富士山を臨む非武装地帯／死ぬのにもってこいの日

「路の記憶」「望星」二〇一七年八月号／二〇一八年五月号／同六月号／二〇一七年十月号／同六月号／同九月号／同七月号／同十一月号／二〇一八年十二月号／二〇一九年一月号／二〇一八年十月号／二〇一九年三月号／二〇一八年七月号、東海教育研究所、所収

『乱れる』の舞台を歩く／映画館と織物の余韻／孤高のホワイトタイガー

「review 40人のここが気になる」「ケトル」vol.42 / 43 / 40（二〇一七年十二月～二〇一八年六月）、太田出版、所収

右記以外は書下ろし。

ちくま新書
1420

路地裏《ろじうら》で考《かんが》える
――世界《せかい》の饒舌《じょうぜつ》さに抵抗《ていこう》する拠点《きょてん》

二〇一九年七月一〇日　第一刷発行

著者　平川克美（ひらかわ・かつみ）
発行者　喜入冬子
発行所　株式会社 筑摩書房
東京都台東区蔵前二-五-三　郵便番号一一一-八七五五
電話番号〇三-五六八七-二六〇一（代表）
装幀者　間村俊一
印刷・製本　三松堂印刷 株式会社

ISBN978-4-480-07236-8 C0295

ちくま新書

893
道徳を問いなおす
――リベラリズムと教育のゆくえ
河野哲也
ひとりで生きることが困難なこの時代、他者と共に生きるための倫理が必要となる。「正義」「善悪」「権利」とは何か？　いま、求められる「道徳」を提言する。

1245
アナキズム入門
森元斎
国家なんていらない、ひたすら自由に生きよう――プルードン、バクーニン、クロポトキン、ルクリュ、マフノの思想と活動を生き生きと、確かな知性で描き出す。

1354
国語教育の危機
――大学入学共通テストと新学習指導要領
紅野謙介
二〇二一年より導入される大学入学共通テスト。高校国語教科書の編集に携わってきた著者が、そのプレテスト問題を分析し、看過できない内容にメスを入れる。

1185
台湾とは何か
野嶋剛
国力において圧倒的な中国・日本との関係を深化させる台湾。日中台の複雑な三角関係を波乱の歴史、台湾の社会・政治状況から解き明かし、日本の針路を提言。

1346
立憲的改憲
――憲法をリベラルに考える7つの対論
山尾志桜里
今あるすべての憲法論を疑え！　真に権力を縛り立憲主義を取り戻す「立憲的改憲」を提起し自衛権、安全保障、違憲審査など核心問題について気鋭の論客と吟味する。

1353
政治の哲学
――自由と幸福のための11講
橋爪大三郎
社会の仕組みを支えるのが政治だ。政治が失敗すると、自由も幸福も壊れかねない。政府、議会、安全保障、年金など、政治の基本がみるみる分かる画期的入門書！

914
創造的福祉社会
――「成長」後の社会構想と人間・地域・価値
広井良典
経済成長を追求する時代は終焉を迎えた。「平等と持続可能性と効率性」の関係はどう再定義されるべきか。日本再生の社会像を、理念と政策とを結びつけ構想する。

710
友だち地獄
――「空気を読む」世代のサバイバル
土井隆義
周囲から浮かないよう気を遣い、その場の空気を読もうとするケータイ世代。いじめ、ひきこもり、リストカットなどから、若い人たちのキツさと希望のありかを描く。

1205
社会学講義
橋爪大三郎
佐藤郁哉
吉見俊哉
社会学とはどういう学問なのか？　基本的な視点から説き起こし、テーマの見つけ方・深め方、フィールドワークの手法までを講義形式で丁寧に解説。入門書の決定版。

1242
ＬＧＢＴを読みとく
――クィア・スタディーズ入門
森山至貴
広まりつつあるＬＧＢＴという概念。しかし、それだけでは多様な性は取りこぼされ、マイノリティに対する差別もなくならない。正確な知識を得るための教科書。

1265
僕らの社会主義
國分功一郎
山崎亮
いま再びグランド・セオリーが必要とされているのではないか？　マルクス主義とは別の「あったかもしれない社会主義」の可能性について気鋭の論客が語り尽くす。

1384
思いつきで世界は進む
――「遠い地平、低い視点」で考えた50のこと
橋本治
「あんな時代もあったね」とでは済まされないここ数年の怒濤の展開。日本も世界も「思いつき」で進んではいないか？　アナ雪からトランプまで縦横無尽の時評集。

1401
大阪
――都市の記憶を掘り起こす
加藤政洋
梅田地下街の迷宮、ミナミの賑わい、２０２５年万博の舞台「夢洲」……気鋭の地理学者が街々を歩き、織田作之助らの作品を読み、思考し、この大都市の物語を語る。

876
古事記を読みなおす
三浦佑之
日本書紀には存在しない出雲神話がなぜ古事記では語られるのか？　序文のいう編纂の経緯は真実か？　この歴史書の謎を解きあかし、神話や伝承の古層を掘りおこす。

ちくま新書

832
わかりやすいはわかりにくい？
――臨床哲学講座
鷲田清一
人はなぜわかりやすい論理に流され、思い通りにゆかず苛立つのか――常識とは異なる角度から哲学的に物事を見る方法をレッスンし、自らの言葉で考える力を養う。

001
貨幣とは何だろうか
今村仁司
人間の根源的なあり方の条件から光をあてて考察する貨幣の社会哲学。世界の名作を「貨幣小説」と読むなど貨幣への新たな視線を獲得するための冒険的論考。

1416
ハンナ・アーレント
――屹立する思考の全貌
森分大輔
激動の現代史において全体主義や悪と対峙し続けたユダヤ人思想家・アーレント。その思索の全貌を、哲学・政治・思想の各視点から七つの主著を精読し明らかにする。

569
無思想の発見
養老孟司
日本人はなぜ無思想なのか。それはつまり、「ゼロ」のようなものではないか。「無思想の思想」を手がかりに、日本が抱える諸問題を論じ、閉塞した現代に風穴を開ける。

910
現代文明論講義
――ニヒリズムをめぐる京大生との対話
佐伯啓思
殺人は悪か？　民主主義はなぜ機能しないのか？――ニヒリズムという病が生み出す現代社会に特有の難問について学生と討議する。思想と哲学がわかる入門講義。

132
ケアを問いなおす
――〈深層の時間〉と高齢化社会
広井良典
高齢化社会において、老いの時間を積極的に意味づけてゆくケアの視点とは？　医療経済学、医療保険制度、政策論、科学哲学の観点からケアのあり方を問いなおす。

852
ポストモダンの共産主義
――はじめは悲劇として、二度めは笑劇として
S・ジジェク
栗原百代訳
9・11と金融崩壊でくり返された、グローバル危機という掛け声に騙されるな――闘う思想家が混迷の時代を分析、資本主義の虚妄を暴き、真の変革への可能性を問う。

ちくま新書

776 ドゥルーズ入門 檜垣立哉

没後十年以上を経てますます注視されるドゥルーズ。哲学史的な文脈と思想的変遷を踏まえ、その豊かなイマージュと論理を読む。来るべき思想の羅針盤となる一冊。

1060 哲学入門 戸田山和久

言葉の意味とは何か。私たちは自由意志をもつのか。人生に意味はあるか……こうした哲学の中心問題を科学が明らかにした世界像の中で考え抜く、常識破りの入門書。

1017 ナショナリズムの復権 先崎彰容

現代人の精神構造は、ナショナリズムとは無縁たりえない。アーレント、吉本隆明、江藤淳、丸山眞男らの名著から国家とは何かを考え、戦後日本の精神史を読み解く。

1343 日本思想史の名著30 苅部直

古事記から日本国憲法、丸山眞男『忠誠と反逆』まで、日本思想史上の代表的名著30冊を選りすぐり徹底解説。人間や社会をめぐる、この国の思考を明らかにする。

1399 問い続ける力 石川善樹

「自分で考えなさい」と言われるが、何をどう考えればいいのだろうか？　様々な分野の達人9人をたずね、それぞれの問いのたて方、そして問い続ける力を探り出す。

1378 中世史講義 ――院政期から戦国時代まで 高橋典幸編 五味文彦編

日本史の先端研究者の知を結集。政治・経済・外交・社会・文化など十五の重要ポイントを押さえるかたちで中世史を俯瞰する。最新の論点が理解できる、待望の通史。

1398 感情天皇論 大塚英志

被災地で、戦場跡で、頭を垂れ祈る――。明仁天皇の「象徴としての行為」を国民のため心をすり減らす「感情労働」と捉え、その誕生から安楽死までを読みとく。

ちくま新書

1237 天災と日本人
——地震・洪水・噴火の民俗学
畑中章宏
地震、津波、洪水、噴火……日本人は、天災を生き抜く知恵を、風習や伝承、記念碑等で受け継いできた。各地の災害の記憶をたずね、日本人と天災の関係を探る。

1108 老人喰い
——高齢者を狙う詐欺の正体
鈴木大介
オレオレ詐欺、騙り調査、やられ名簿……。平均貯蓄額2000万円の高齢者を狙った、「老人喰い＝特殊詐欺犯罪」の知られざる正体に迫る！

1190 ふしぎな部落問題
角岡伸彦
もはや差別だけでは語りきれない。部落を特定する膨大なネット情報、過敏になりすぎる運動体、同和対策事業の死角。様々なねじれが発生する共同体の未来を探る。

1087 日本人の身体
安田登
本来おおざっぱで曖昧であったがゆえに、他人や自然と共鳴できていた日本人の身体観を、古今東西の文献を検証しつつ振り返り、現代の窮屈な身体観から解き放つ。

1234 デヴィッド・ボウイ
——変幻するカルト・スター
野中モモ
ジギー・スターダストの煌びやかな衝撃、『レッツ・ダンス』の世界制覇、死の直前に発表された『★』……常に変化し、世界を魅了したボウイの創造の旅をたどる。

1051 つながる図書館
——コミュニティの核をめざす試み
猪谷千香
公共図書館の様々な取組み。ビジネス支援から町民の手作り図書館、建物の外へ概念を広げる試み……数々の現場を取材すると同時に、今後のありかたを探る。

1291 日本の人類学
山極寿一
尾本恵市
人類はどこから来たのか？　ヒトはなぜユニークなのか？　東大の分子人類学と京大の霊長類学を代表する二大巨頭が、日本の人類学の歩みと未来を語り尽くす。